UNA VERGINE PER IL MILIARDARIO

CATTIVI RAGAZZI MILIARDARI, LIBRO 1

JESSA JAMES

Una Vergine Per Il Miliardario: Copyright © 2017 di Jessa James

Tutti i diritti riservati. Nessuna parte di questo libro può essere riprodotta o trasmessa in alcuna forma con nessun mezzo elettronico, digitale o meccanico, incluse, ma non solo, attività quali fotocopie, registrazioni, scanner o qualsiasi altro tipo di raccolta di dati e sistema di reperimento di informazioni senza il permesso esplicito e scritto dell'autore.

Pubblicato da Jessa James,
James, Jessa
Una Vergine Per Il Miliardario

Copyright di copertina 2020 di Jessa James, autrice
Immagini/foto di Deposit Photos:
Maksymlshchenko; 4045qd; Ssilver

Nota dell'editore:
Questo libro è stato scritto per un pubblico adulto. Questo libro potrebbe contenere scene sessuali esplicite. Le attività sessuali incluse nel libro sono pure fantasie per adulti e ogni attività o

rischio corso dai personaggi della finzione nella storia non è né approvato né incoraggiato dall'autore o dall'editore.

1

Carter Buchanan, Miliardario, Presidente delle Società Buchanan- Reparto Biotecnologie

Emma lasciò la stanza delle conferenze, il suo sedere lascivo oscillava da un lato all'altro in quella fottuta gonna a tubino e non potevo distogliere il mio sguardo fisso dalle sue curve. Nemmeno quando il mio cazzo, sotto il tavolo, diventava duro come il marmo. Ero proprio preso da Emma. Preso. Ero nel peggior caso immaginabile di palle blu ed era tutto a causa sua. Un anno prima era entrata ancheggiando nel mio ufficio con una pila di raccoglitori, si era presentata come la nuova segretaria di mio fratello, Ford, ed ero venuto quasi subito nei pantaloni. Mio fratello aveva tutta la fottuta fortuna. Da quel momento, quando vidi le sue tette perfette incorniciate da quella camicetta stretta e nera, i suoi fianchi ampi e il culo perfetto stretto da un paio di pantaloni lunghi in lino, non riuscivo a pensare ad altro che piegarla sulla mia scrivania e farla mia.

Ma la società aveva delle regole severe sul decoro. Fanculo, anche io le avevo. L'ufficio del personale avrebbe aperto una causa anche se lavorava per Ford, in un dipartimento completamente diverso, se avessero saputo quanto avrei voluto scoparla, pretendere quelle curve.

Non era solo il suo corpo a mandarmi fuori di testa – e a rendere il mio cazzo costantemente duro - ma era anche la sua mente acuta. Super qualificata per il suo lavoro, rendeva il lavoro di Ford più facile. La prima settimana era piombata nell'ufficio e aveva organizzato i nostri calendari per la produzione congiunta, facendo sembrare l'assistente precedente una completa idiota e dando un po' di sollievo a Tori, la mia segretaria. Emma sapeva cosa io e Ford volessimo prima ancora che lo sapessimo noi. Cavolo, lo sapeva anche degli altri dirigenti. Pensavo di darle una promozione, ma poi mi sarebbe mancato sentire, pronunciato dolcemente, quel "Buongiorno, Carter", mentre ondeggiava arrivando all'incontro dello staff ogni martedì e giovedì mattina, alle otto in punto.

Sì, tutti quei fottuti pensieri – e pensieri sullo scoparmela – mi rendevano un coglione, ma non l'avevo toccata. Me lo immaginavo in così tanti modi, ma tutti avevano una cosa in comune. L'avrei scopata di getto, senza profilattico, riempiendola del mio sperma. Lo avrei spruzzato così in profondità dentro di lei, e così spesso, che non sarebbe riuscita a lavare via il mio odore. Avrebbe portato il mio marchio. Sì, ogni fottuta fantasia nella mia testa finiva col rivendicarla nel più primitivo dei modi, riempiendola col mio membro mentre la facevo rivoltare e implorare affinché la lasciassi. Non molto gentile da parte mia. Ma ogni volta che la vedevo, la mia educazione nella Ivy League e la mia mente analitica retrocedevano di un milione di anni. Diventavo primitivo. Un uomo delle caverne. Volevo stuzzicare le mie dita fra i suoi capelli, trascinarla nel mio ufficio e fotterla. Assicurarmi che sapesse esattamente a chi appartenesse.

Avevo discretamente chiesto di lei a mio fratello diverse volte. Ford mi aveva detto di levarmi dalle palle e cercarmi una segretaria tutta mia. Ed ecco perché l'avevo lasciata da sola negli ultimi dodici mesi. Non ero solo uno stronzo, ero un *vecchio* stronzo. Più grande di lei di dieci anni. Ero pronto a sistemarmi, vivendo bene in quella casa con la recinzione picchettata, due bambini e un fottuto Labrador Retriever. Mi faceva fare pensieri folli e desiderare cose che non avrei mai pensato di poter desiderare. Ma le volevo. Volevo quella fottuta casa. La volevo tonda e incinta di mio figlio.

Volevo anche il fottuto cane. Ma soltanto con lei.

Sfortunatamente, lei non era pronta. Emma aveva solo ventiquattro anni e aveva bisogno di vivere un po', prima che un uomo delle caverne e dominatore le portasse via la vita. Una volta mia, avrei preteso il controllo più totale. L'avrei scopata quando lo avrei voluto, coccolata come avrei voluto, mi sarei assicurato di farla venire sul mio cazzo duro così tante volte che non avrebbe mai più guardato un altro uomo. L'avrei rovinata, e lei non era pronta per questo. Né per quello che volevo darle. Avevo già aspettato un anno e lei si era laureata, da poche settimane, in un Master in Finanza. Sì, avrebbe potuto analizzare i miei fottuti numeri ogni volta.

Certamente, l'avevo aspettata come un fottuto gentiluomo, cercando di darle lo spazio di cui necessitava per spassarsela. Decisi che potevo aspettare ancora un po' di settimane.

Almeno quello era il piano. Ma quando sentii la sua voce scivolare dalla copisteria alla hall, tutto cambiò.

"Odio essere vergine", disse. Dubito sapesse di essere ascoltata, ma sono felice di essere stato io a sentire questa confessione. Se fosse stato qualcun altro a saperlo, lo avrei pestato a sangue. Nessuno poteva toccare Emma. Poteva essere la segretaria di Ford, ma era mia.

Stavo camminando, dando le spalle agli ascensori, dopo il nostro incontro di giovedì al quattordicesimo piano, quando riconobbi la sua voce. Tuttavia, erano state le sue parole a farmi inclinare verso il muro, senza poter guardare. Un ficcanaso. Mi aveva trasformato in un fottuto ficcanaso. No, in realtà era stata la confessione del suo essere una vergine a farlo.

"Non c'è nulla di sbagliato nell'essere vergine." Riconobbi la voce della mia segretaria, Tori.

Lei era quasi trentenne, single, e stupenda. Le avevo detto di uscire con Ford ma aveva sollevato il sopracciglio e mi aveva detto che aveva giurato di rinunciare agli uomini. Aveva lavorato per me per poco più di un anno ma non sapevo nient'altro su di lei. E dopo uno sguardo da *non-ti-avvicinare* nei suoi occhi, non chiesi ulteriori dettagli. Non avevo tempo di informarmi della sua vita personale. Come sempre, era efficiente e professionale, e pensavo che le sue parole per Emma fossero corrette.

"Ho ventiquattro anni, Tori. Devo essere la vergine più vecchia del pianeta."

Pensai a lei, intoccata, pura. Dio,

soltanto all'idea che la sua fica non fosse stata scopata, il mio cazzo si era spostato. Dovetti guardare in basso nella hall per assicurarmi che nessuno potesse guardarmi con il cazzo così duro.

"E qualche giorno in più, o settimane, cazzo, mesi, non cambieranno la situazione. Fidati di me." La ragazza meritava una promozione per quella risposta.

"Quel ragazzo, Jim, è corso via dal mio appartamento quando gli ho detto di non aver mai fatto sesso in vita mia. Mi ha chiamato unicorno. Cosa cazzo significa poi?"

Udii la porta della copisteria aprirsi, poi chiudersi. La fotocopiatrice prese a funzionare.

"Era un coglione," replicò Tori.

Menomale cazzo che era un coglione. Non sapevo nemmeno chi diamine fosse Jim, ma non meritava la mia dolce Emma, o la sua vagina vergine.

"Ascoltami, non farlo. Un ragazzo qualsiasi al bar non è davvero quello a cui vuoi concedere la tua verginità", disse Tori.

Quale ragazzo a quale bar? Mi misi dritto in piedi e mi avvicinai di più.

"Beh, questa verginità mi è d'intralcio. Nessun ragazzo vuole stare con una vergine, Tori. Sono come una bambina che nuota nella piscina degli adulti. È solo una notte e poi basta. Posso lasciarmi alle spalle la questione della verginità e voltare pagina."

Nessuno voleva avere a che fare con lei? Cazzo, era perfetta così com'era. Una perfetta ragazza della porta accanto e avevo paura di corromperla. Non ero un bravo ragazzo. Cazzo, mi ero dato da fare con parecchie donne, tanto da sapere cosa pensassero di me. Un tempo, ero il tipo da una botta e via, non avevo mai proposto loro più di una notte assieme, e loro sapevano come sarebbe andata. Volevo soltanto staccare la spina, una piccola tregua per dimenticare tutto nei loro corpi consenzienti. Non promettevo di più. Mai. Mai avevo voluto più di questo. Fino ad Emma. E a lei volevo dare tutto.

"Allora scegli qualcuno con cui ne valga la pena. Sappiamo entrambe chi vuoi davvero."

Sentii Emma ridere, ma il tono non era dolce, era triste. "Già, ma non succederà. Non sa nemmeno che esisto."

Tori rise. "Forse dovresti sfilare in giro nuda. Ti noterà, fidati di me. E ho sentito dire che è dannatamente fantastico a letto."

"Oddio, non dirmi così," implorò Emma. "Già non riesco a pensare quando gli sono vicina."

"Dico davvero, cara. Perché non ti

vesti un po' provocante? Mostra la scollatura. Dai, perché non lo seduci?"

"Sì, certo, io? Mi prendi in giro? Io che sono sexy tanto quanto una maestra d'asilo." Emma sospirò e io la immaginai mentre incrociava le braccia, sapevo bene quale espressione avesse probabilmente assunto.

"Ecco il problema, Tori. Grande, stupida vergine, ricordi? Non sprecherebbe mai il suo tempo con me. Non sembra per niente il tipo da vergine. Ragione per la quale voglio fare sesso sta notte."

Stanotte? E per chi si struggeva la mia Emma? Di chi cazzo stava parlando? Era interessata a qualcuno? Non avevo mai sentito dire che aveva appuntamenti, e Ford seguiva un'etichetta parecchio rigida per chiunque lavorasse per lui. L'ufficio era abbastanza piccolo da farmi capire cosa facesse la maggior parte del tempo. Solo Brad della Contabilità era venuto ad annusare in giro durante la scorsa giornata del ringraziamento e lo avevo bloccato abbastanza facilmente. Chi cavolo aveva puntato, e perché non sapevo nulla di lui? Questi dubbi mi rendevano un coglione geloso, e, diamine, ero egoista. La volevo tutta per me.

"Continuo a pensare che una botta e via con un ragazzo rimorchiato in un bar sia una pessima idea."

Benedetta Tori e il suo saggio consiglio! Il problema era che Emma non le dava retta.

"Ascolta, Tori, va bene così. Un estraneo è meglio. Se faccio schifo a letto, non lo dovrò più rivedere. E voglio sapere com'è avere un uomo dentro di me. Lo voglio sudato e prepotente e così duro che non veda l'ora di scoparmi. Voglio un vero uomo.

Voglio la pelle, i baci e un vero cazzo, non un vibratore."

Alle sue parole, le mie palle si strinsero. Voleva la pelle? Baci? Un uomo prepotente con un grosso cazzo? Io avevo un cazzo che poteva montare tutta la dannata notte.

Tori rise. "Va bene, va bene. Sei una donna adulta. Allora ci vediamo questa sera da Frankie. Sette in punto. Se avrai un'avventura di una notte, almeno mi assicurerò che tu abbia i preservativi e che il tipo non sia un serial killer."

"Grazie, Tori!" Emma era davvero eccitata. Conoscevo quel tono ed era lo stesso che aveva usato quando il giorno di San Valentino le erano arrivati dei fiori sulla scrivania. Due dozzine di rose rosse con lunghi steli da un ammiratore segreto. Io.

Ford in persona mi aveva chiamato e mi aveva ordinato di farmi da parte. Beh, lo avevo fatto. Avevo promesso di aspettare fino a quando si sarebbe laureata per farmi avanti. Ma i suoi piani per quella notte avevano cambiato tutto. L'unico cazzo che Emma avrebbe avuto dentro di sé quella notte, o ogni altra fottuta notte, era il mio.

Quando due uomini della finanza mi incrociarono, mi girai e tornai al punto da cui ero venuto, immergendomi nella stanza dei miei colleghi. Non volevo che Emma sapesse che avevo origliato, e avevo bisogno di due minuti per convincere il mio membro a tornare buono.

Quindici minuti dopo, ero seduto dietro la mia scrivania e guardavo la donna più fottutamente sexy del pianeta entrare nel mio ufficio con i resoconti dell'incontro mattutino compilati. Già, avrei potuto riceverli per e-mail, ma mi piacevano stampati e consegnati. Ero fottutamente all'antica, e non avevo intenzione di cambiare, specialmente se ciò l'avrebbe condotta alla porta del mio ufficio.

Emma appoggiò i resoconti sull'angolo della mia scrivania e nemmeno mi guardò, segno probabilmente positivo, considerando il modo in cui avevo divorato le sue curve con i miei occhi.

"Sono le cinque, Signor Buchanan. A meno che abbia bisogno di qualcos'altro dal nostro ufficio, credo che andrò."

Deglutii con forza. Bisogno? Sì, c'era qualcos'altro di cui avevo bisogno, ma non l'avrei avuta qui, nel mio ufficio, con la sua gonna alzata sopra il suo sensuale culo e la sua testa rivolta in basso verso la mia scrivania.

Non ora. Quello sarebbe arrivato più tardi. Quando avrebbe saputo a chi appartenesse. Quando il suo corpo avrebbe saputo che era mio.

"Puoi andare, Emma. Andrai in città col resto dello staff per il loro abituale giovedì sera al Bar Frankie?" Il posto era esclusivo, costoso, e offriva drink esotici come il Martini al cioccolato. Ed era a solo due isolati dall'ufficio. E sì, il bar era stato un covo del gruppo Buchanan per anni.

Le sue guance divennero rosa e si morse il labbro, ma alzò anche la testa per lo stupore e incontrò il mio sguardo. Sentivo quel luminoso e innocente sguardo fino alle dita dei miei piedi.

Immaginai quegli occhi grandi e tondi valutare un estraneo al bar, accettare la sua offerta di comprarle un drink, dire di sì e andare a casa da lui, togliersi quella cazzo di gonna stretta e avvolgere quelle gambe attorno alla sua vita, scopare.

Dovetti voltarmi, per paura che potesse vedere la rabbia montarmi nella testa, ronzare come un nido di calabroni. Merda, nessuno poteva toccarla. Nessuno tranne me.

Dopo aver contato fino a dieci, guardai di nuovo in alto.

Lei sorrise, toccando gli angoli del taccuino e dei fogli che teneva di fronte al suo petto.

"Sì. Ci vediamo tutti lì dopo il lavoro. Come sa di Frankie? Non l'ho mai visto lì finora."

Alzandomi lentamente, camminai attorno al bordo della mia scrivania e mi fermai a un dito da lei. Più di ogni altra cosa, volevo sollevarla fra le mie braccia, impedirle di entrare in quel luogo e diventare carne da macello.

Sapevo troppo bene come tanti giovani e arroganti cazzoni sarebbero stati lì ad aspettare di poter mettere le loro mani su una ragazza vergine, morbida e dalla curve mozzafiato come la mia Emma. Avrebbero indossato i loro abiti eleganti, con i capelli tirati all'indietro, buttando centinaia di dollari nel bar per stupire le donne, per stupire Emma.

Con gli occhi sempre più grandi, mi guardava approcciare, ma manteneva la sua posizione. Quella era la mia ragazza. Amavo quel coraggio, amavo quel fuoco. Non aveva mai ceduto, nemmeno una volta in tutti quei mesi che aveva lavorato per i Buchanans.

Incapace di resistere, di non toccarla, appoggiai la mia mano sulla sua spalla sperando di non staccarla con una mossa da coglione. Lei diede un'occhiata alla mia mano, confusa, ne sono certo, perché non l'avevo mai toccata prima di allora, ma lei non se la scrollò di dosso.

Attesi pazientemente che alzasse il suo sguardo verso il mio. "Non sono mai stato invitato."

"Cosa?" Lo shock le offuscò gli

occhi, ma li chiuse velocemente guardando altrove. "Come? Intendo dire, mi dispiace. Non lo sapevo. Non... non è... Io - "

Era così dannatamente bella quando balbettava, e la sua ovvia preoccupazione per il mio benessere emotivo era adorabile.

Piegandomi in avanti, le lasciai un bacio casto sulla guancia prima di indietreggiare. "Non preoccuparti per me, Emma."

Lei ansimò per il contatto inaspettato, poi si morse il labbro e soffocò un suono. La sua guancia era, sotto le mie labbra, tiepida e liscia come la seta. Ne volevo di più, per scoprire se fosse così maledettamente morbida anche in qualsiasi altro punto del suo corpo. E il suo profumo...

"No," replicò. "Penso che dovrebbe venire. Conoscere meglio tutti quanti. Forse non sarebbero più così sp - "

Emma si fermò giusto in tempo e io inclinai la mia testa indietro con una risata. "Spaventati?"

Il suo rossore era di un rosa acceso, intenso, e fremevo all'idea di seguire la traccia del colore lungo il collo e sotto la camicia, scoprire se i suoi seni fossero rossi come il suo viso.

"Mi dispiace." Sussultò. "Guardi, di solito non combino questi casini.

Normalmente io non -"

"Mi dici la verità?" La bloccai.

Lei alzò un sopracciglio, ma incontrò direttamente il mio sguardo. "Le dico la verità, ma non faccio la spia."

"Ecco perché sei furba."

Ora toccava a lei ridere. "Apparentemente non quando c'è lei nei paraggi." Il suo sguardo si spostò più in basso, sulla mia bocca, sulle mie labbra, solo per un momento, ma lo vidi, e sapevo che l'avrei posseduta.

Presto. Strinsi la sua spalla e in modo riluttante la lasciai andare. "Vai Emma. È stata una settimana d'inferno. Faresti meglio ad andare prima che pensino che ti abbia intrappolata qui per il week-end."

Intrappolata, sotto di me. Sopra di me. Piegata sulla mia scrivania.

Era come se il mio cazzo avesse preso il sopravvento sulla mia mente.

"Arrivederci alla prossima settimana." Emma uscì dal mio ufficio senza guardare indietro, con i suoi soffici capelli biondi ondeggianti sulle sue spalle, il suo sedere sporgente che si muoveva con disinvoltura mentre lei mi lasciava lì da solo, come un coglione.

Stavo quasi per correrle dietro. Ma poi misi le mani in tasca e dissi al mio cazzo di stare fottutamente giù. Nulla sarebbe dovuto accadere più tardi.

Nulla tranne il fatto di convincere

Emma che io ero l'uomo giusto per lei, l'*unico* uomo per lei.

    Cazzo, non lo avrei mai permesso, Emma non avrebbe mai dato la sua verginità ad un pezzo di merda qualsiasi in un bar. Voleva un cazzo? Ne avevo uno che poteva utilizzare a suo piacimento. Ma non volevo solo una notte. La volevo tutte le notti. Le ero stato alla larga perché era pura, perché non volevo rischiare di rovinarla con i miei istinti basici. E perché sapevo che aveva dei piani, stava per laurearsi. Provavo ad essere un dannato gentiluomo e ad aspettare fino a quando sarebbe stata pronta. Ma ora tutto era finito. Se era pronta a dare via il suo corpo, sicuramente lo avrebbe dato a me e a nessun altro. Io volevo Emma. Il suo corpo era mio. Il suo sorriso era mio. Quella bocca sensuale era mia, per essere scopata. La sua verginità, stava a me possederla. Non l'avrei condivisa. Non potevo starmene lì a guardarla concedersi ad un estraneo qualunque troppo impaziente di scoparsela e poi dimenticarla.

Lei meritava di meglio e io avrei fatto in modo di farglielo avere.

Per sempre. Sì, Emma sarebbe stata mia quella notte. Poi, non avrebbe più avuto alcun dubbio: sarebbe stata di mia proprietà.

Ma prima avrei dovuto convincerla del fatto che non stavo giocando. L'avrei portata fuori a cena e le avrei anche tenuto la porta, questo è quello che avrei fatto. L'avrei sedotta, l'avrei fatta urlare durante ogni orgasmo, avrei riempito la sua fica bagnata con il mio cazzo duro e grande. Le avrei mandato delle rose ogni cazzo di giorno e l'avrei baciata fino a farle mancare il fiato. Alla fine, le avrei messo l'anello al dito e mio figlio in grembo. L'avrei rivendicata come ogni uomo fa con la sua donna.

Ero stanco, basta tentare di essere carino o proteggerla dalla mia oscurità. Se era pronta ad avere di più, glielo avrei dato. Io. E nessun altro.

Era mia, semplicemente non lo sapeva ancora.

2

*E*mma Sanders

REGOLAI le spalline del mio nuovo reggiseno rosa e mi guardai allo specchio. Il pizzo di raso rosa faceva bene il suo lavoro, teneva su i miei grossi seni. Il modello a balconcino creava una scollatura favolosa. Dovevo solo sperare di portarmi a casa un ragazzo a cui piacessero le tette.

Grosse, soffici e tonde tette così

sensibili al tatto che sussultavo ogni volta che urtavo per sbaglio il fratello del mio capo. *Carter.*

Feci un respiro profondo, cercai di calmare il mio cuore palpitante. Ogni volta che pensavo a cosa avrei fatto quella notte, davo di matto. Beh, sì, forse scegliere un ragazzo qualunque al bar, portarlo a casa e farmi sverginare non era stata un'ottima idea. Ma ero disperata. Nessuno voleva uscire con una ventiquattrenne vergine, vecchia e puritana. Gli uomini a cui lo avevo confessato pensavano che io fossi una bacchettona alla ricerca di un anello di fidanzamento, o una donna fredda come il ghiaccio, rigida e intoccabile.

Avrei scopato con uno dei tanti bei bocconcini che avrei potuto trovare al bar. Non gli avrei chiesto se fosse vergine e non avrei confessato di esserlo. Assolutamente no. Avrebbe mandato tutto in frantumi. Non volevo fargli sapere del mio miserevole stato fino al momento in cui il suo membro sarebbe stato sepolto in profondità, a fatto compiuto.

Se lo avesse saputo prima, non mi avrebbe sfiorata. Eccitata, vogliosa e alla disperata ricerca di essere penetrata. Qualcosa riguardo la mia verginità spaventava i miei amanti mancati.

Non ero un granché. E come avrei potuto esserlo? Ero ancora vergine. Se fossi stata abbastanza sexy, attraente e figa, avrei avuto degli appuntamenti ogni fine settimana. Invece no. Non potevo sedurre un uomo perché non me ne ero mai portato uno a letto. Non sapevo come comportarmi in modo sexy o invogliare il mio partner a letto. Quei segnali invisibili che le coppie si scambiavano? Sapevo della loro esistenza, ma non avevo la minima idea di come utilizzarli.

Se non avessi risolto questo problema della verginità, sarei diventata una gattara. Una zitellona gattara con una vagina ricoperta di ragnatele. Quando dissi a Jim, il tipo dell'appuntamento conosciuto alla festa d'ufficio di Natale, che non avevo mai fatto sesso prima, era rimasto a bocca aperta ed aveva paura di toccarmi. Aveva detto che ero un unicorno.

Un unicorno. Nessuno voleva scoparsi un unicorno. Almeno non Jim dato che si era catapultato verso la porta tanto velocemente da farmi perdere le sue tracce.

Sembrava proprio che nessun uomo volesse avere a che fare con una vergine. E non mi stavo risparmiando per qualcuno di speciale, semplicemente non avevo mai incontrato un ragazzo che desiderassi davvero, tanto da spalancargli le mie gambe e lasciarmi possedere.

Tranne Carter Buchanan. Ma lui era assolutamente fuori dalla mia portata, anche solo pensare al suo nome era una battuta di proporzioni epiche. Era un cliché umano, misterioso e affascinante. I suoi capelli castano scuro raggiungevano il colletto sulla nuca, e io ne osservavo le morbide onde quando non mi vedeva, immaginavo di far scorrere le mie dita fra i suoi capelli. I suoi occhi scuri erano penetranti. Ogni volta che mi guardava, sentivo che poteva leggermi nella mente o qualcosa del genere. Carter era sexy, un uomo di successo. Un fottuto Buchanan miliardario, un membro del gruppo di scapoli più famosi, ricchi e attraenti di tutto il Colorado. E il fratello di Ford.

Certo, lavoravo con lui, portavo resoconti e raccoglitori nel suo ufficio, ma Carter Buchanan sapeva a malapena che esistevo, e dovevo smetterla di puntare a qualcosa di irraggiungibile.

La condensa copriva ancora lo specchio dopo la mia doccia bollente. Lo pulii con l'asciugamano e sfiorai il mio rossetto prima di tornare in camera e prendere il mio abito.

Già, ero un unicorno. Un unicorno arrapato con una voglia da soddisfare. Ed era tutta colpa di Carter Buchanan. Certo, era off-limits per me, ma rimaneva la mia fantasia.

Se fosse dipeso da me, sarei andata dritta nel suo ufficio, gli sarei salita sugli addominali durante una sua chiamata di lavoro e lo avrei cavalcato. Avrei tirato il suo enorme cazzo – perché nei miei sogni era enorme – fuori dai pantaloni e mi sarei fatta penetrare. Avrebbe attraversato il mio stupido imene con precisione spietata e poi mi avrebbe scopata con tanta bravura da lasciarmi sazia e soddisfatta.

Proprio come la lunga fila di donne dietro di lui. Mi infilai il mio piccolo abito nero mentre pensavo a Sheila, Tamera ed Evelyn, tutte donne che aveva portato a varie cerimonie e feste aziendali. Ero riuscita a malapena a guardarlo mentre metteva la sua mano sul loro fondoschiena. Il suo tocco non era mai un gesto spudoratamente sessuale – non lo avevo mai visto in atteggiamenti apertamente sessuali con loro – tuttavia desideravo che lo facesse con me. Avrei sentito il calore del suo palmo sul mio sedere e mi avrebbe guidato ovunque avesse voluto.

Lo volevo con una sfrontatezza tale da ficcare il mio tagliacarte negli occhi delle altre. Ma avevo bisogno del lavoro dai Buchanan per pagarmi il Master, così tenni i miei sentimenti sotto controllo. Carter non immaginava che volessi essere piegata sulla sua scrivania, volessi farmi alzare la gonna e farmi scopare violentemente. La sua mano mi avrebbe coperto la bocca, così da non far sentire il mio orgasmo a nessuno. Non mi interessava delle regole dell'ufficio. Non sapeva che gli guardavo il culo ogni volta che usciva dall'ufficio di Ford, altrimenti mi avrebbe probabilmente segnalata all'ufficio del personale. Ero soltanto la segretaria del fratello e non mi aveva mai dato segnali di aver un minimo interesse per me. Fino ad oggi.

Oggi mi aveva toccato. Mi aveva baciato la guancia. Stava cercando un invito da Frankie per questa sera?

"Stai zitta Emma. Stai fantasticando." Mi rimproverai nel silenzio della mia stanza. Carter Buchanan era un milionario. Un uomo d'affari sexy, arrogante ed ostinato. Non era mai stato interessato, nemmeno in un milione di anni, in una stupida vergine come me. Ma lo avesse voluto, gliel'avrei data? Gli avrei permesso di fare a pezzi la mia verginità e di essere solo un'altra donna nella schiera delle sue amanti? Cazzo, sì.

Mentre mi infilai i tacchi, sapevo che tutto ciò non aveva importanza. Tanto stavo per lasciare l'azienda. Certo, essere la segretaria di Ford era stata un'esperienza positiva, interessante, ma non ero andata a scuola per sei fottuti anni per rispondere a delle telefonate e curare l'agenda di un uomo. No, avevo ricevuto una telefonata proprio il giorno prima, un posto in una nuova azienda nel dipartimento finanziario. Tutto mio. Uno stipendio tre volte più alto e straordinari dimezzati. Il mio colloquio col direttore sarebbe stato il giorno dopo, ma mi avevano già offerto il lavoro.

Avevo anche già dato le mie dimissioni con due settimane di preavviso. Un' altra settimana e me ne sarei andata. Non avrei più pensato a fotocopie e caffè. Avrei avuto un ufficio tutto mio con un assistente alle mie dipendenze. Niente più riunioni con Carter Buchanan di martedì e giovedì mattina. Niente più tempo seduta di fronte a lui ignorando il suo profumo dannatamente sexy.

Niente più Carter.

Andai verso il guardaroba e indossai i miei orecchini preferiti di diamante, mentre mi rimproveravo.

"E' la cosa migliore, Emma. Non puoi averlo. È tempo di voltare pagina."

Niente. Più. Carter.

Non avrei sopportato un'altra sua foto con una meravigliosa donna al suo fianco. Dovevo smetterla di sognare che *un giorno* avrebbe potuto desiderarmi o considerarmi più di una semplice impiegata.

E così ero contenta di cambiare lavoro e cambiare aria. Avrei abbandonato la ridicola ossessione per Carter e avrei cominciato un nuova vita.

A partire da stasera. Innanzitutto, avrei trovato un ragazzo che volesse spassarsela. In un paio di settimane, avrei cominciato a lavorare nella nuova azienda come una vera e propria donna, una donna con esperienza, finalmente libera dalla fissa per Carter Buchanan.

3

arter

Andai al bar in anticipo, mi accomodai su uno sgabello dove la luce era fioca, mi presi un drink e guardai Emma. Si era incontrata con Tori precisamente alle sette – la sua puntualità era da disturbo ossessivo compulsivo – e si era presa un drink. Solo uno, cosa che mi faceva stare tranquillo.

Parlavano e ispezionavano il locale, e discutevano sicuramente sulla scelta del tipo giusto per Emma. Io ero contento di starmene lì seduto a guardare le sue curve pronunciate, il tratto rosso brillante sulle sue labbra carnose, il modo in cui i suoi capelli chiari cadevano in boccoli sul suo collo. Ma quando si spostarono verso la pista da ballo e degli sconosciuti le raggiunsero, persi la pazienza. Tori era uno schianto, come sempre, il suo corpo era stretto in un abito bianco e attillato che evidenziava ogni curva. I suoi capelli erano di un biondo rame scuro, e oltre ai capelli biondo chiaro di Emma e al suo nero abito fasciante, mostravano anche delle curve pericolose. E non ero l'unico uomo lì ad averlo notato.

Dopo la terza canzone Tori raggiunse la toilette, lasciando Emma da sola. Un ragazzo aveva ballato due canzoni con lei, ondeggiando e oscillando con lei a ritmo. Non l'aveva toccata. O almeno non ancora. Tutti gli uomini la stavano guardando in quel vestito nero stretto, alcuni li avevo riconosciuti, erano dell'ufficio. Con lo scollo a V, il suo seno era in bella vista. Dovevo ammettere, a denti stretti, che si era vestita in maniera provocante. Emma non era una troia, era raffinata. Ma quella era la scollatura più ampia di sempre.

Quella vista era per me, e non per tutti i coglioni arrapati del bar. Quando il tipo le si mise dietro, avvolgendo i suoi fianchi con le mani e cominciò a strusciarsi sul suo fondoschiena, smisi di sprecare il mio tempo.

C'era solo una cosa nella mente di quel ragazzo. La sua fica. E quella fica apparteneva a me. Gettai dei soldi sul bancone e mi buttai in pista. Gli occhi di Emma erano chiusi e si muoveva come se stesse seguendo un suo ritmo. Quando mi avvicinai, il tipo mi lanciò un'occhiata. Inclinai la testa intimandogli, senza parlare, di sparire.

Forse fu la mia vicinanza al suo viso. O forse fu l'occhiataccia che gli lanciai, ma lasciò i fianchi di Emma, alzò le mani per farmi vedere che aveva mollato la presa e indietreggiò. Doveva aver un buon istinto di sopravvivenza, visto che aveva avvicinato il suo cazzo ad Emma alla minima distanza possibile.

Posizionatomi dietro di lei, la toccai per la seconda volta. Ero contento che la musica fosse alta, perché nascondeva il gemito che non riuscivo a reprimere. Era così calda, il suo corpo così soffice e lussurioso. Mi feci più vicino e mi mossi contro di lei, col mio cazzo attaccato al rigonfiamento delle sue natiche. Inclinandomi, respirai a pieni polmoni il profumo al lato del suo collo. Quando inclinò la testa per lasciarmi fare, baciai la sua pelle sudata e leccai il suo sapore dalle mie labbra.

I suoi capelli ancora umidi emanavano un odore di citronella e zucchero , ma il suo collo era un misto fra salato e dolce, e mi chiedevo se la sua fica avesse lo stesso sapore. All'idea di scoprirlo mi venne l'acquolina in bocca, ma non era il momento. Non lì.

Mi stavo divertendo a tenerla, sentirla contorcersi, completamente disinibita, contro di me. Vidi tornare Tori, i suoi occhi marroni spalancati per lo stupore alla vista di Emma fra le mie braccia. Non mi avrebbe allontanato da Emma. Non avrebbe interferito fra me e quello che volevo. Cazzo no. Perché Emma era già mia. Dal modo in cui Tori sorrise, sapeva. Quando fece cenno verso l'entrata, io annuii. Se ne stava andando e sapeva che sarei stato io a prendermi cura di

Emma quella notte. Sì, la ragazza era un genio e si era guadagnata un fottuto aumento. Quando la canzone finì, Emma si voltò, mise le mani sul mio petto. Quando mi guardò attraverso le sue lunghe ciglia, vide con chi stesse ballando e si congelò. Le sue mani balzarono via come se l'avessi scottata, ma io afferrai i suoi polsi e portai le sue mani indietro, nel punto in cui dovevano stare.

"Carter," respirò, e il suono del mio nome sulle sue labbra rese le mie palle doloranti. Non aveva mai pronunciato il mio nome prima, e improvvisamente volevo sentirlo ancora e ancora, preferibilmente mentre mi stesse implorando di tirarla a me, completamente aperta, sul mio cazzo.

I suoi occhi erano larghi mentre si leccava le labbra. Dubito che sapesse quale fosse la sensazione provocata in me da quel piccolo gesto. "Mi dispiace. Volevo dire, Signor Buchanan. Cosa ci fa qui?"

"Ballo con te." Poi sorrisi, ma questo la rese solo più nervosa.

"Non penso che... Beh, non dovremmo farlo."

"Cosa? Ballare?"

Lei annuì, si guardò attorno. La folla roteava attorno a noi, ignara dell'elettricità che ci legava.

"Va bene Emma. Non dobbiamo ballare per forza."

Lasciando una delle sue mani, la trascinai verso una stanza Vip riservata ai clienti di fiducia, come ad esempio noi, i fratelli Buchanan.

"Aspetti!" gridò, praticamente puntando i piedi sulla pista in legno duro.

La guardai, intravidi nei suoi occhi larghi e selvaggi il respiro irrequieto che non faceva altro che spingere il suo petto verso il vestito in maniera invitante.

"Dove mi sta portando? Devo trovare Tori."

Avanzai verso di lei, accarezzai un ricciolo fuori posto dietro il suo orecchio, la guardai leccarsi il labbro. Soffocai un lamento.

"Tori è una donna adulta. Sono sicuro saprà badare a sé stessa."

"Ma... ma dove stiamo andando?"

"In un luogo privato," replicai.

"Ma... non può. Cioè, non dovrebbe. Io devo -"

Si morse il labbro quando smisi di muovermi. Allora la tirai fuori dal continuo andirivieni di gente da e verso il bar e misi le mie mani a coppa sotto la sua mascella. Posai il mio pollice sulla punta di quel labbro, proprio sul punto tagliato, e lo liberai dai suoi denti. La persistente umidità mi faceva quasi gemere. Cazzo, volevo assaggiarla. In quel momento. In quel fottuto momento.

Ma lei già stava fuggendo via impaurita. Dovevo darmi una regolata, o la mia piccola dolce verginella sarebbe schizzata via come una gazzella scappa dal leone.

"Devi fare cosa?" Chiesi, guardando il mio pollice, che accarezzava il suo labbro inferiore paffuto,' spargere quell'umidità su tutta la bocca.

"Scopare? Sbarazzarti della tua verginità?"

Persino nell'oscurità del locale riuscii a vedere un rossore colpirle le guance. Guardò altrove.

"Mi lasci," rispose opponendosi, alzando il mento con fare ostinato. La rabbia aveva reso i suoi occhi limpidi un mare blu in tempesta. Non l'avevo mai vista così irritata; era sempre così pacata e controllata, come una professionista dovrebbe essere in ufficio. Ma ora...

Invece di lasciarla, mi piegai in avanti e le baciai l'angolo della bocca, e rimasi un po' così da farle sentire il profumo della colonia che mi ero messo la mattina e il calore del mio corpo stretto a lei.

"Vuoi fare sesso Emma, e io sono proprio qui."

I suoi occhi e la sua bocca si spalancarono alle mie parole.

"Ma come fa a -"

"Vuoi aprire le gambe, perdere la verginità? Il mio cazzo è abbastanza grande per esaudire questo desiderio."

Quelle labbra rosa e sensuali si aprirono e poi si chiusero. I suoi occhi crebbero per lo shock, ma vidi anche del desiderio. Curiosità. Era interessata. E intimorita.

Non la fermai quando corse nel

bagno delle donne. Aveva bisogno di spazio, e gliene avrei concesso un po'.

La seguii e guardai e aspettai almeno mezza dozzina di donne entrare, stare per qualche minuto e riapparire.

La mia Emma si stava nascondendo. Pensava che la piccola immagine di una signorina con la gonna affissa sulla porta le avrebbe permesso di evitarmi.

Beh, io non me ne sarei andato, permettendole in tal modo di flirtare con uno scemo qualsiasi, lasciando che un altro uomo se la portasse a letto. Lei voleva me. Lo avevo visto nei suoi occhi. E questo voleva dire che era tempo di sedurre la mia verginella fino a farglielo ammettere. Anche a costo di entrare nel bagno delle donne.

———

Emma

. . .

Camminavo avanti e indietro nel bagno. Quattro cabine con porte rosa scuro, due lavandini bianchi con una saponetta rosa e orchidee finte in un piccolo vaso verde a fianco agli asciugamani per le mani. La musica era attenuata, ma il basso faceva persino vibrare il pavimento. Mi guardai nello specchio e scossi la testa. Quella sera avevo lasciato il mio appartamento piena di sicurezza.

Stando in piedi, allisciai le mani sui miei fianchi. Il vestito abbracciava le curve come una seconda pelle. Non era super attillato, ma avevo il corpo di una donna, fianchi rotondi e seni sodi. Ero più una Marilyn Monroe che una modella, ma gli uomini nel bar sembravano fregarsene.

Ero andata lì per trovare uno sconosciuto che non sapesse della mia verginità, per portarlo a casa e metterci una pietra sopra. Avevo creduto ingenuamente di poter ottenere un ragazzo a caso che facesse sesso con me senza mai dirgli di essere vergine.

Ma adesso era tutto un gran casino. Carter era qui. Carter Buchanan. E lui *sapeva*. Dio, sapeva che non ero mai stata con un uomo, ma comunque mi desiderava.

Offrirmi ad un estraneo sembrava comunque molto più semplice invece che dormire con Carter. Ma ormai ero nella merda fino al collo.

Alcune donne entrarono, si occuparono di affari e mi lasciarono sola. I loro sguardi compassionevoli non fecero che rendermi più triste. La mia ansia era così visibile? Ma certo. Durante la giornata avevo visto più di una donna fuori di testa nascondersi in bagno. La porta si aprì di nuovo e io la ignorai, fino a quando udii la serratura fare click, chiudendomi dall'interno.

Mi voltai e vidi Carter, la sua spalla appoggiata alla porta. Così spavaldo, così tranquillo. "Ti nasconderai da me per tutta la notte?"

"Cosa?" indietreggiai, talmente su di giri da avere il fiato corto. Era nel bagno delle donne. Con me. E aveva chiuso la porta a chiave. "Non mi stavo nascondendo."

Sorrise e mi venne incontro. Io smisi di indietreggiare quando la mia schiena incontrò uno degli erogatori di carta assorbente sul muro.

"Se non ti stavi nascondendo, allora cosa ci facevi qui?"

"Pensavo."

"Pensavi di baciarmi?" Alzò lo scuro sopracciglio e si avvicinò. Alzando il suo braccio mi intrappolò, il suo viso a pochi centimetri da me, una traccia di ricrescita della barba che rendeva il suo sguardo scuro e sexy ancor più intenso. Volevo assaggiarlo, far correre le mie labbra sulla sua mandibola e sentire quel poco di barba pizzicarmi le labbra sensibili.

Mi leccai le labbra. Baciarlo? Si. E di più. Molto di più. "Sì."

Strano a dirsi, ma in quel momento essere in un bagno pubblico mi rese sfrontata. Carter non mi avrebbe gettato sul pavimento per poi balzarmi sopra. Non era da lui. E quindi, gli dissi la verità. Ammisi di desiderarlo. Cosa avevo da perdere? Tanto non correvo il rischio di perdere il lavoro, visto che avevo già dato le dimissioni. Dopo cinque giorni, non sarei stata più una dipendente dei Buchanan. Ancora cinque giorni nello stesso edificio con Carter.

Lui abbassò le sue labbra e io chiusi i miei occhi, aspettando. Aspettando.

Il bacio non arrivò mai e io, riaperti gli occhi, lo trovai a fissarmi, osservarmi con uno sguardo attento e rapito. "Sei così dannatamente bella, Emma."

Carter premette le sue labbra sulle mie – finalmente- e io gli aprii le mie, per la sua lingua ambiziosa, per la completa dominazione. Il mio corpo sussultò al suo tocco, come se avessi aspettato tutta la vita solo per quel bacio.

Il suo corpo spinse in avanti, con la sua prepotente erezione sul mio stomaco. Ma non lo volevo in quel punto, doveva andare più in basso.

Sentendomi coraggiosa, avvolsi le mie braccia attorno alla sua testa e lo baciai con un desiderio represso da un anno. Sollevai la mia gamba sinistra e la misi attorno alla sua vita, cercando di posizionarmi come volevo, in modo che il suo cazzo si strofinasse sul mio clitoride.

Con un verso di piacere portò la sua mano su una mia coscia facendola risalire fino alla mia calza. Mi ero messa dei collant autoreggenti con una giarrettiera nuova di zecca, comprata appositamente per quella sera. Per lo sconosciuto che avrei dovuto sedurre. Ma ora ero elettrizzata all'idea di indossarle per Carter.

Quando le sue dita trovarono l'estremità delle calze e sfiorarono il fermaglio teso della giarrettiera, lui le ritirò, inarcando le sopracciglia. "Cos'è?" chiese.

Non riuscivo a rispondere.

"Mostramelo."

Aprii la bocca, ma non riuscii ad emettere alcun suono.

"Mostramelo," disse di nuovo. "Solleva la gonna e mostrami le tue calze sexy e provocanti."

Fu il calore nei suoi occhi, uno sguardo che non avevo mai visto, a farmi fare ciò che mi aveva ordinato. Lentamente alzai l'orlo della gonna.

All'inizio, i suoi occhi marroni rimasero incollati su di me come una calamita, e poi caddero in basso quando mostrai i collant. Potevo sentire, sopra le calze, quando scoprii la giarrettiera, l'aria del suo sospiro sulla mia pelle nuda. Mi baciò prima che la mia gonna fosse alzata tanto da fargli vedere le mie mutandine abbinate. Sembrò che solo i collant e la giarrettiera fossero abbastanza. Troppo.

Mi fece sentire femminile e davvero potente.

Il suo baciò divenne più forte quando mi spinse al muro, girata di spalle, la sua mano vagante sul mio fondoschiena, e poi più in basso fino a toccarmi la fica da dietro.

Fui io a gemere, implorando, quando le sue dita scovarono il piccolo filo del mio tanga al di sotto della gonna. Impaziente, lo spostò di lato con le abili dita ed esplorò la mia cavità bagnata.

"Emma."

"Carter."

"Stai gocciando. È tutto grazie a me?" Strofinò le sue dita dalle mie profondità scivolose fin sopra al mio clitoride. Avanti e indietro, senza entrare.

Ma certo che era tutto grazie a lui. Nessun altro mi aveva portata fino a quel punto.

"Lascia che ti faccia godere."

Non riuscivo a parlare, almeno non con le sue dita così vicine al punto in cui lo desideravo.

"Emma?"

"Carter." Gemetti nella sua bocca e reclamai un bacio di mia iniziativa, spostandomi con i fianchi su e giù, cavalcando le sue dita. Volevo farlo. Ne avevo bisogno. Non mi importava se fosse stupido o avventato. Quella notte ero pronta, senza ombra di dubbio, a rompere gli schemi. Le donne sensuali e selvagge non avevano regole. E Carter mi faceva proprio sentire sensuale e selvaggia.

Poi la sua mano sparì.

"No." Ne avevo talmente bisogno, ed ero così irritata, che se mi avesse lasciata sarei scoppiata in lacrime.

"Shhh, Emma. Ci penso io."

Sussultai quando tornò a toccarmi, questa volta salendo dall'interno della calza fino alla parte davanti.

Abbassai la gamba sul pavimento, i miei piedi spalancati per dargli pieno accesso alle mie profondità bagnate.

"Guardami," ordinò, e io obbedii aprendo gli occhi. Il suo sguardo si agganciò al mio mentre mi penetrò gentilmente con un dito. Io tenni duro, aggrappandomi ai suoi bicipiti scolpiti, tenendo gli occhi sul suo viso splendido finché spinse il suo palmo duro e spesso sul clitoride, cominciando a scoparmi con la mano.

Pensavo di non poter diventare più focosa o vogliosa, quando la sua mano atterrò sul mio seno, strizzò il capezzolo duro attraverso il materiale sottile del mio abito e il pizzo del reggiseno.

Quando ansimai, abbassò la sua testa ancora una volta , baciandomi mentre il suo dito si muoveva dentro di me.

Qualcuno bussò alla porta e io mi irrigidii, ma Carter strinse di nuovo il mio capezzolo e mi morse il labbro. Si sollevò un attimo, guardandomi mentre usava più forza nel penetrarmi, quasi sollevandomi da terra. "Sei mia adesso. Ignorali."

E come per provarmelo, aumentò la velocità del movimento delle sue dita e il ritmo del palmo che strusciava sul mio clitoride. Chiudendo gli occhi, piegai la testa in cerca di un bacio. Non volevo pensare al fatto di essere in un bar, nel fottuto bagno. Volevo soltanto pensare a Carter, alle sue mani, alla sua bocca, al suo tocco prepotente.

Mi strofinò e scopò con le dita e la lingua fino a farmi sentire sopraffatta, come se lui fosse già dentro di me.

Forte. Veloce. E poi basta.

Piano. Veloce. E di nuovo basta.

Il suo tocco mi mandava fuori di testa, tanto che mugolai e implorai. "Carter, per piacere."

"Vuoi venire?"

"Sì"

"Sei mia, Emma. Dì che sei mia."

"Sì." Avrei risposto di sì a qualsiasi richiesta. C'ero così vicina. L'orgasmo cresceva in me come un tornado intrappolato in una casa di carta. Non avrei potuto resistere ancora per molto.

Carter si spostò ancora, il suo corpo stretto al mio, il suo braccio intrappolato fra di noi. La sua fronte incontrò la mia, ma non aprii gli occhi. Non volevo sapere se mi stesse guardando. Non mi importava.

"Allora vieni per me. Voglio guardarti mentre mi dai tutto."

Aumentò il suo ritmo, ma stavolta non si fermò, non rallentò quando gemetti, quando il desiderio raggiunse il culmine. Stavolta mi ribaltò e rubò il mio liquido, lo ingoiò nel suo bacio mentre la mia fica pulsava attorno al suo dito. Niente a che vedere col mio vibratore. Proprio *niente*.

Il suo gemito leggero mi fece sentire sexy, audace, pericolosa. E sapevo che, se fossimo stati davvero soli, gli avrei permesso di farmi qualsiasi cosa. Gli avrei spalancato le gambe e l'avrei pregato di prendersi la mia verginità, di farmi sua.

Quell'ultimo pensiero fu come un getto d'acqua gelido. Così come lo

erano anche i colpi insistenti alla porta.
"Ehi? Tutto bene lì dentro?"
"Qualcuno chiami il manager. Devono avere la chiave."
"Ho davvero bisogno di entrare. Spero facciano presto."
"Vada al bagno degli uomini."
Tutte le voci erano femminili, e spazientite. Sapevo che presto avrebbero aperto la porta, e io ero lì, con la mano di Carter sotto la mia gonna e le sue dita imbevute dei miei liquidi. Se le portò alla bocca e le leccò. Mi guardava dritto negli occhi mentre mi assaggiava e improvvisamente non riuscivo a togliermi dalla testa l'immagine della sua bocca su di me. Oddio.
A che cazzo stavo pensando?

4

mma

CARTER BUCHANAN mi guardava come se fossi la sua delizia preferita mentre fuori dalla porta si sentivano ancora le voci. Abbassò la sua mano dalle labbra alla V fra le mie gambe e la tenne stretta su di me, come per paura che potessi scappargli. Scosse le dita in modo seducente, e io gemetti. Non ce la facevo. Quell'orgasmo mi aveva fatto perdere la testa, certo, ma stava accadendo qualcosa di peggio. Volevo di più.

Più Carter.

Le centouno peggiori decisioni. Era una categoria, giusto? E la prima fottuta regola? *Non andare a letto col capo.* Regola numero due? *Non andare a letto con i playboy.* Carter Buchanan era famoso per essere stato con modelle e attrici, oltre che per la sua famiglia milionaria.

Sussultai quando Carter mi sfiorò il collo col naso, lì sotto la sua stretta era possessiva e rude. Come se mi stesse possedendo in quel momento. Come se quell'orgasmo gliene avesse dato il diritto.

"Vieni a casa con me, Emma."

Quando sentii le chiavi nella serratura, gli diedi uno spintone al petto. Lui indietreggiò e sistemò la mia gonna, come se sistemare la gonna di una donna fosse la cosa più naturale al mondo.

Per lui forse lo era. Per me? Beh, era talmente fuori dalla mia portata che non sapevo cosa fare o dire. Cazzo, non sapevo nemmeno dove guardare. Non potevo nemmeno dare un'occhiata ai capelli scuri e sexy o al mento marcato. A quelle labbra carnose ed esperte. Guardare le sue mani sarebbe stato peggio, perché il suo palmo era spesso e forte, le dita lunghe e grandi. Quando le guardai, i miei pensieri vennero offuscati dall'idea di cosa potessero fare dentro di me. Toccarmi. Il mio corpo ne voleva ancora, e ancora, e ancora.

Ma la mia testa? Quell'organo abbandonato, di cui avevo dimenticato l'utilità, ora mi stava gridando di scappare. Velocemente.

"Non sono interessata," Mentii, appena prima che la porta si spalancasse e la piccola stanza si riempisse di un gruppetto di donne curiose. Quando vidi il secondo sorrisetto d'intesa, chinai la testa, corsi attorno a Carter e sfrecciai fuori dalla porta, passando davanti alla pista da ballo e al bar, dritta fino all'uscita.

Niente borsa. Le uniche cose di cui avevo bisogno, il mio telefono, il documento d'identità e la carta di credito, erano nel mio reggiseno, annidate fra le mie gemelline.

"Emma, aspetta!" Sentii Carter urlare, mentre mi seguiva, volteggiando fra la folla danzante e i tavoli pieni di single che bevevano e rimorchiavano dopo il lavoro. Ma io non ascoltavo. Io correvo. Lui era troppo. No. *Io* ero troppo. Ero stata ridicola, lasciarmi fare un ditalino in bagno come una ragazzina arrapata.

Dunque, Carter Buchanan mi desiderava.

Ma un attimo. Mi corressi. Non era

me che voleva, l'Emma tranquilla, organizzata, rigida, la studentessa laureata. Lui voleva scopare. Prendersi la mia verginità. Inzuppare il biscotto. Stanotte. Ora. In qualche modo, sapeva che ero una verginella che lo avrebbe trasformato da professionista in gamba e disinteressato a uomo delle caverne.

Mi voleva solo per la novità? Quante vergini si era portato a letto? Era una cosa speciale per lui? Essere il primo?

"*Tu vuoi scopare, Emma, e io sono proprio qui.*"

O. Mio. Dio.

Lo sapeva. Dio, sapeva che ero una vergine. Mi aveva sentita parlare con Tori prima.

Non era il nervoso a farmi tremare le mani, era l'imbarazzo. Imbarazzo per ciò che avevamo fatto, quella specie di cammino della vergogna quando eravamo usciti dal bagno, sotto gli sguardi maliziosi delle donne che aspettavano.

"*Vieni a casa con me.*" Aveva pronunciato le parole che da tempo sognavo, desideravo, fin dal primo giorno di lavoro. E adesso, non sapevo se ridere o piangere. Ovviamente, l'orgasmo che mi aveva procurato aveva mandato in tilt il mio cervello.

Avevo lasciato che Carter Buchanan, l'uomo che per anni avevo bramato segretamente, mi facesse un ditalino in bagno. Avevo perso la testa. Lo avevo pregato di non fermarsi.

Era bravo. Davvero, davvero bravo, ed era stata solo la sua mano.

Mi voltai per seguire i suoi movimenti e vidi qualcuno dell'ufficio prendergli il braccio e fermarlo per una chiacchierata. Grazie a Dio. Non in vena di chiacchierare, continuai a camminare fuori dall'entrata principale. Quando il fresco della sera mi colpì le guance, l'ultima traccia di orgasmo sparì, e la realtà venne a ristabilirsi. Tremando mentre tiravo il cellulare fuori dal reggiseno, cercai di guardare il lato positivo. Almeno Carter non era scappato a gambe levate come Jim della contabilità. Dopotutto essere un unicorno non era la condanna a morte di una ragazza single ad un appuntamento.

Carter mi voleva. O, almeno, voleva la mia verginità. Inzupparlo.

Negli anni in cui avevo lavorato per i Buchanan, non mi aveva mai fatto percepire il suo interesse. Nemmeno una volta. Non uno sguardo sensuale, non un commento inappropriato, nemmeno uno sfioramento accidentale del suo braccio sul mio. Nulla.

Certo, in ufficio c'erano leggi contro le molestie sessuali che lo avrebbero punito se avesse fatto qualcosa, ma niente. Nada. Nemmeno un'occhiatina interessata. Assolutamente zero coinvolgimento. Non si poteva dire lo stesso di me. Ero un'idiota desiderosa dal momento in cui gli misi gli occhi addosso. Ma ero una ragazza del ceto medio, della periferia di Denver. Lui aveva dieci anni in più di me, era un uomo di mondo, cosmopolita, esperto con le donne... e molto altro.

Il giorno in cui Ford mi aveva presentato suo fratello, le altre impiegate non vedevano l'ora di parlarmi. Quando la porta si chiuse dietro i single e sexy fratelli Buchanan, mi accerchiarono e riempirono di storie selvagge. Avevo imparato che se avessi fatto sesso con Carter, sarei stata solo un'altra fica in una lunga fila di trofei che aveva conquistato. E, pur sapendolo, lo desideravo lo stesso. Dio, quanto lo desideravo.

"Sei senza speranze." Scossi la mano nell'inutile tentativo di fermare un taxi. Dopo che l'auto gialla e nera mi sfrecciò accanto, mandai un messaggio a Tori.

Sto tornando a casa.

La sua risposta fu immediata. *CB ti dà la caccia. Fatti acchiappare.*

Dovetti sbattere le palpebre due volte, lentamente, e leggere di nuovo quelle parole, per assicurarmi che non stessi impazzendo. *Fatti acchiappare.*

No, non sarebbe successo. *È il mio capo.*

Soltanto per una settimana. E poi te ne vai. Fregatene. Goditi la vita, ragazza unicorno. Cos´ hai da perdere?

Cos´ avevo da perdere? La verginità, ma non mi interessava tenerla. La testa? Soffocai lo scoppio di una risata a quel pensiero. Troppo tardi. Tutta la logica e la razionalità le avevo perse fra le mura di quel bagno. Peggio, avrei potuto perdere il cuore.

Avrei potuto dormire con uno

sconosciuto e lasciare i miei sentimenti al di fuori. Ma con Carter, rischiava di essere impossibile. Una scopata meccanica e priva di emozioni non era quello che immaginavo quando pensavo a Carter. No, piuttosto sarebbe stato sesso al settimo cielo, bello da non averne mai abbastanza.

Lentamente, tanto lentamente, feci un respiro profondo, cercando di rilassarmi e pensare. L'aria della notte era fresca dopo la calca opprimente del club. La musica pulsante si attenuò una volta che la porta si chiuse dietro di me.

C'era una piccola fila di persone in attesa di entrare e un buttafuori che controllava i documenti. Non ero sola in strada, eppure sentivo di esserlo.

Vacillai sui miei tacchi alti, mi incamminai verso la strada per fermare un nuovo taxi. Mi ero imbarazzata abbastanza per una sola notte. Ingoiando le lacrime che mi spuntavano sugli occhi da non so dove, alzai il braccio quando vidi un taxi, e la abbassai quando fece un giro e poi sparì. Dannazione. Che cazzo!

Sospirai. Le mie spalle si accasciarono.

"Che cosa fai? Non dovresti essere qui tutta sola."

Mi girai sui miei tacchi ridicolosamente alti a queste parole.

Era così stupendo. E non potevo prendermela con lui. Il suo fascino non era colpa sua; era nato così. Non potevo nemmeno essere arrabbiata per, beh, niente infatti, perché mi aveva dato solo ciò che volevo. Beh, quasi. *Ero* al club quella notte con un solo obiettivo, solo uno, fare sesso. E lui mi voleva.

Presi il cellulare, e poi guardai in basso, feci volare le dita sullo schermo e inviai un messaggio veloce alla mia amica. "Sto scrivendo a Tori. Le ho detto che sto tornando a casa."

"Non abbiamo finito, Emma." Le sue parole mi immobilizzarono le dita. Quando si avvicinò, mi bloccò il fiato.

Udii un'auto arrivare in strada. Osservando sopra la mia spalla, vidi un altro taxi e gli feci segno.

Carter si mise al mio fianco e, quando il taxi accostò al marciapiede, congedò l'autista che, a sua volta, gli rispose con un dito medio e tirò dritto.

Lo guardai. A lungo. Gli arrivavo al mento, pur indossando i tacchi. "Che cosa fa? Avrebbe dovuto portarmi a casa."

Lo splendido uomo al mio fianco mi aveva mandato su tutte le furie. Ma come si permetteva a provocarmi così!

"Ti riporto io."

Con un'occhiataccia, gli risposi. "Gliel'ho già detto, non sono interessata."

"Sì che lo sei," ribatté. "Stando a come hai bagnato le mie dita."

Mi afferrò il gomito e mi riportò di fronte al bar, fermandosi per porgere il biglietto al parcheggiatore. Rimasi al suo fianco mentre aspettavamo la sua macchina, la sua mano tiepida attorno alla mia pelle spoglia. La pelle d'oca si diffuse sulle mie braccia.

Si inclinò e mi baciò di nuovo sul lato del collo. Il brivido che mi attraversò sembrò come una scossa di elettro-shock. "Non abbiamo finito, tesoro. Nemmeno lontanamente. Lascia che ti porti a casa. Vuoi liberarti della tua verginità? Me ne occuperò io e quando avrò finito non ricorderai nemmeno il tuo nome."

Già, ben detto, e probabilmente anche lui non se lo sarebbe ricordato. Ero incazzata con me stessa per il desiderio di essere, per lui, più di una bottarella. Non era giusto. Era tanto diverso da un ragazzo qualsiasi scelto in pista? Me ne dovevo fregare se quest'uomo misterioso era un puttaniere e se io sarei stata solo un'altra tacca sulla testiera del suo letto. L'unico criterio in base al quale volevo selezionare un uomo, quella sera, era molto semplice. Primo, aveva un cazzo? Secondo, mi ci avrebbe voluto scopare? Volevo sbarazzarmi della mia verginità. Non volevo più essere un unicorno.

Quindi no. Non mi importava dell'ipotetico uomo con cui avrei dormito quella notte. Ma Carter non era un ipotetico uomo. Carter era il fottuto Carter Buchanan. Milionario. Spavaldo. Puttaniere.

E tanto fuori dalla mia portata, che anche quella conversazione mi sembrava una presa in giro. Quindi Carter, tecnicamente, non era molto diverso dai ragazzi di quello stupido club. Ma era proprio *questo* il problema. Io *volevo* che lui *fosse* diverso. Volevo fosse molto di più. Ed ecco di nuovo quelle stupide emozioni.

Mi guardò con cautela, come se avesse paura di vedermi correre via e poi essere investita se mi avesse fatto l'occhiolino in modo sbagliato.

"Non vuoi andare davvero, ti ci porto io a casa. Ti darò la buonanotte fuori dalla porta." Portò la mano alla mia guancia, col suo tocco gentile, rispettoso, come se fossi stata importante. Dio, era pericoloso. "Ma penso che tu lo voglia tanto quanto me Emma. Dì di sì. Lascia che ti porti a casa con me."

Lo guardai, fissai il suo viso splendido e cercai di ricordarmi perché fosse una cattiva idea.

"Carter, io credo soltanto che questa cosa, noi, non sia una buona idea."

"Perché no?" Il suo pollice mi sfiorò il labbro e il suo sguardo cadde sulla mia bocca prima di tornare sui miei occhi con massima attenzione. Era come se nel mondo non esistesse nessun altro.

Cazzo. Ora ero nei guai. Non potevo dirgli la verità. *Ehi, Carter, sono già mezza cotta di te, ma se tu mi scopi e poi sparisci, mi spezzi il cuore.*

Indietreggiai, interrompendo il contatto, così da poter riflettere. "Io non sono... Io non..."

Lui rimase immobile e attese, così tranquillo, così fottutamente sicuro di sé. Ecco perché aveva l'azienda, ed ecco perché io ero così nervosa. Lui sapeva come muoversi nel mondo degli affari e delle donne. Io sapevo a malapena qualcosa sugli uomini. Ma ne sapevo abbastanza da capire che Carter Buchanan fosse off-limits per me. Eppure, mi aveva reso talmente attratta da togliermi il fiato.

Questo era quello che volevo, una cosa da una notte, e lui voleva darmela.

Non mi era indifferente. Era l'uomo con cui avevo sognato di farlo. Stando alla sensazione del suo cazzo su di me, quando in bagno m stava addosso, doveva averlo grosso e duro. Davvero grosso. Potevo farlo. Potevo scopare con Carter. Avrebbe reso la mia prima volta indimenticabile. La nostra prima volta, e cazzo, l'unica volta. Ero una donna adulta. Avevo sentito tutti i pettegolezzi su Carter Buchanan. Donnaiolo. Sarei stata una delle tante. Non avrebbe dovuto infastidirmi, specialmente perché anche un ragazzo qualunque avrebbe avuto una sua storia. Una storia alla quale, però, non ero interessata. Quindi era giusto mettere Carter su un piano superiore rispetto a un estraneo? Rifiutandomi avrei perso un'occasione unica nella vita?

Lui era di fronte a me, aspettando con pazienza il mio sì. E se si stava comportando da bravo gentiluomo per ottenere il mio consenso, sapevo che sarebbe stato tutto tranne che gentile una volta portatami a letto.

A questo pensiero le mie viscere si contrassero e il mio battito accelerò. Lo volevo. Ero al punto di non ritorno. Era tempo di prendere in mano la situazione. Potevo farlo. Potevo andarci a letto e sparire. Niente stronzate sdolcinate. Solo una notte.

Fine. Della. Fottuta. Storia.

Ma sarebbe stata una gran notte e, una volta sorto il sole, non sarei stata più vergine. Proprio quello che volevo. Avrei saputo cosa volesse dire essere scopata dal Signor Buchanan, avere gli orgasmi che volevo – vista la sua bravura con le mani, non avevo dubbi che potesse fare molto di più – e sarei andata via.

Una notte.

Il parcheggiatore mi aprì lo sportello di una lussuosa berlina.

Carter gli diede la mancia, mi presa la mano e mi aiutò a sistemarmi sul sedile. L'auto era costosa, italiana, con la morbida pelle che mi invitava ad entrare in purgatorio. La mia mano mi bruciava nel punto in cui lui mi aveva toccata e io lo guardai, seppellendo in profondità tutti i miei dubbi, in modo da non mostrarli nei miei occhi. "Casa tua o casa mia?"

Carter salutò il parcheggiatore e mi strinse la mano per tirarmi più a sé, per stringere il mio corpo al suo, col duro rigonfiamento del suo cazzo evidente fra di noi.

Una notte. Ero in grado di giocare. Ero all'altezza di una botta e via. Avrei ottenuto quello che volevo da Carter e poi sarei andata via. Forse con le gambe un po' arcuate, ma sarei andata via.

A testa alta e con la verginità distrutta.

"Casa tua."

5

arter

Meritavo una medaglia d'oro. Il mio cazzo era così duro da strappare il tessuto dei pantaloni. Avevo messo le mie dita dentro Emma. Avevo sentito la sua piccola, stretta e calda fica, avevo sentito il suo dannato imene e sapevo che era tutta mia. Mi aveva bagnato tutta la mano mentre la facevo venire. Quando mi ero staccato, lo stupore e la passione sul suo viso erano stati la vista più splendida.

E quando la assaggiai, leccai i suoi liquidi dalle mie dita, per poco non venni nelle mutande. Il suo dolce sapore di miele era tutto per me.

Persino adesso, guidando verso casa, avevo il suo sapore attorno. Riuscivo ad annusare il suo eccitamento persistente sulle mie dita, alla deriva dal suo corpo. Lei era silenziosa, guardava fuori dal finestrino mentre andavo un po' troppo veloce per raggiungere casa. Se fossi stato fermato, la polizia avrebbe compreso. Dovevo seppellirmi nella mia donna, sentire la sua inondazione e il suo battito attorno a me mentre avrei preso la sua verginità. Avevo bisogno di espellere il seme dalle mie palle.

Afferrando lo sterzo, rallentai quando raggiunsi il mio viale, e poi aspettai che la porta del garage si aprisse.

Grazie, cazzo, che aveva acconsentito a venire a casa con me. Se avesse insistito, l'avrei riportata sulla soglia di casa sua, le avrei spostato i capelli dal viso e l'avrei baciata dolcemente dandole la buonanotte. Ma non era ciò che nessuno di noi voleva.

Non c'era nulla di male in una donna che inseguiva quello che voleva. Il piacere era un suo diritto proprio come lo era anche per gli uomini. Ma Emma era una brava ragazza, forse un po' troppo brava, e aveva bisogno della mia guida. Non era una problema, fino a quando mi avesse permesso di condurla al letto, con le gambe lunghe e sexy avvinghiate attorno alla mia vita mentre avrei spinto il mio cazzo nel suo corpo. Nessun altro l'avrebbe avuta. Mai.

Quando la porta del garage si

chiuse, spensi l'auto, e la luce tenue dell'allarme sul soffitto mi mostrò il suo volto. E il resto del suo corpo. Era decorosa ed elegante come sempre, con le mani ripiegate sul grembo, ma la sua gonna le era arrivata un po' sopra le calze e sapevo che, un centimetro più sopra, avrei visto l'inizio delle collant e la giarrettiera.

"Dimmi cosa vuoi, Emma."

Si voltò, i suoi occhi sbarrati incontrarono i miei, con il rossore che le cresceva sulle guance, simbolo di pudore. "Sai cosa voglio," mormorò.

Lentamente, scossi la testa. Mi contorsi sul sedile, come per rendere il mio cazzo meno doloroso.

"Ci sono così tante cose che vorrei farti. Cose molto sporche, cose molto erotiche che probabilmente ti spaventerebbero."

Si leccò le labbra e non riuscii a resistere. Con una mano dietro il suo collo, la tirai a me per un bacio, trovai la sua lingua, la stuzzicai. Andando in basso, le slacciai la cintura di sicurezza e la fermai verso lo stereo, così che stesse per metà sulle mie gambe.

Sollevando la testa giusto un po', mi sussurrò davanti alla bocca. "Penso che possano piacermi anche cose molto sporche."

Il mio pollice accarezzò la sua guancia mentre l'altra mia mano le palpava il culo.

"Cosa intendi per molto sporche?" Domandai.

"Quello che abbiamo fatto nel bagno?"

"Le mie dita nella tua fica? Non vorresti il mio cazzo invece?"

Lei si morse il labbro e annuì, e io non potei fare a meno di gemere.

"Vuoi che il mio cazzo si allunghi dentro di te?"

Lei sussultò. Sì, cazzo, era una bella porcona.

"Me ne occuperò io Emma. Ti farò godere."

Un lamento ansimante le sfuggì dalle labbra.

La lasciai andare, aiutandola a rimettersi comoda sul sedile. L'avevo portata così lontano, non l'avrei fatto in auto. Uscii e girai attorno alla macchina per aprirle lo sportello. Le presi la mano e l'aiutai a sollevarsi dal sedile basso tipico delle macchine sportive. Il sedile la obbligò a piegare il busto, e la sua gonna si alzò, mostrando quella giarrettiera provocante.

Mise la sua mano sulla mia e la condussi in casa, fino in camera da letto. La fiducia che aveva riposto in me fece battere il mio cuore. In piedi davanti al letto, era proprio dove volevo che fosse, dove avevo desiderato, per un anno intero, di vederla. Era mia. Quella camera era nostra. Era la prima e unica donna che sarebbe stata in quella stanza, in quel letto.

"Hai detto che ti piacciono le cose sporche. Sei una verginella sporca quindi?" Le chiesi.

Le sue mani si agitarono, ma non era spaventata. Di certo era eccitata, dato che i suoi capezzoli turgidi spingevano contro la camicia. Scrollò le spalle.

"Hai cavalcato le mie dita nel bagno del club, con soltanto una debole serratura fra te e le persone che avrebbero potuto vederti."

Le sue labbra si schiusero e cominciò ad avere il fiato corto.

"Io credo che tu sia una porca - " mi feci più vicino, sfiorai un ricciolo biondo dietro il suo orecchio. " - ma solo per me. Credo tu abbia un segreto che non hai mai condiviso con nessun altro. O sbaglio?"

Annuì mentre le mie nocche le sfiorarono la guancia.

Abbassando le mie mani sui piccoli bottoni di perla, cominciai a slacciarle la camicia. "È arrivato il momento di vedere ciò che mi appartiene. Qualcuno che ha già visto il tuo corpo prima d'ora?"

Trattenne il respiro mentre le mie dita correvano sulla sua pelle nuda nei punti scoperti, fino a quando le levai di dosso la blusa, che cadde ai suoi piedi.

"Dio," mormorai, stringendo le sue tette fantastiche avvolte in quell'unione di seta e pizzo. Il suo reggiseno era di una rosa chiaro e realizzato in modo da coprire soltanto la parte bassa del petto e lasciare scoperte le curve gonfie e disponibili per la mia bocca. Cristo, se avesse respirato profondamente, i suoi capezzoli sarebbero sgusciati fuori. Come avevano fatto a rimanere ancora dentro?

Usando la punta del dito, viaggiai lungo la linea della sua spalla, sulla delicata clavicola per poi scivolare avanti e indietro sulla pelle più setosa e morbida che avessi mai sentito. Quei seni erano fuori dall'ordinario. Soffocò un sospiro e io affondai le mie dita nella coppa del reggiseno, scoprendo il capezzolo. Mentre la sua pelle era così vellutata e chiara, tanto da farmi scorgere le vene al di sotto, il suo capezzolo era di un rosa scuro, come una piccolo lampone voglioso di essere assaggiato. Spostandomi sull'altro seno, strattonai l'altra coppa. Ora era completamente scoperta, con i capezzoli vivaci e avidi per la mia bocca.

Inclinandomi in avanti, ne assaggiai uno, lo bagnai con la mia lingua, e poi lo succhiai.

Le dita di Emma mi attraversarono i capelli e poi mi strattonarono, tirandomi a sé. Sorrisi di fronte alla sua pelle calda, e poi passai all'altro capezzolo.

"Non voglio che si senta solo." Mormorai, prima di portarmelo alla bocca. La guardai, vidi i suoi occhi diventare assenti e poi chiudersi. I suoi capezzoli erano davvero sensibili e mi domandai se fosse capace di avere un orgasmo solo stimolandoli. Lo avrei scoperto un'altra volta.

Sollevando la testa, mi godevo la mia sazietà. Il suo respiro arrivarmi nelle mutande, i suoi capezzoli scintillanti sotto la tenue luce. Le sue gote erano rosse e i suoi occhi non mostravano alcun imbarazzo o paura. Solo eccitamento.

Raggiungendo il di dietro, le aprii la zip della gonna, facendola cadere a terra. Ora era davanti a me, con indosso soltanto il suo intimo stuzzicante e i tacchi provocanti. La giarrettiera e una piccola porzione del tanga erano a tono con il reggiseno. Era meravigliosa. Aveva tutte le curve lussuriose che un uomo avrebbe accarezzato, e io non resistetti all'idea di far scivolare la mia mano dal fianco fino al sottile filo del tanga. Usando il mio dito, seguii il bordo di pizzo lungo la piega della calza e scoprii che la seta era tutta zuppa e appiccicosa.

"Ancora bagnata per me, vero?"

Alzando il mento, mi guardò attraverso le sue ciglia pallide. "Sì."

Quella semplice risposta mi mandò fuori controllo. Afferrando il filo di tessuto, lo strattonai, strappandole il tanga di dosso e tenendolo fra noi. " È zuppo."

Allora lei arrossì, il suo desiderio palese non poteva passare inosservato grazie alle mutandine bagnate.

Anche l'odore della sua eccitazione

non poteva essere negato. Infilai il tanga nella mia tasca.

"Sali sul letto e spalanca quelle belle gambe. Mostrami la mia fica."

I suoi occhi si ingrandirono e vidi, per un momento, l'indecisione dipinta sul suo volto, ma non si oppose. Girandomi, vidi il suo sensuale fondoschiena oscillare mentre saliva sul letto. Sospirai quando i suoi movimenti mostrarono la sua fica lubrificata. Se non avessi saputo della sua verginità, avrei pensato che mi stesse provocando di proposito.

Posizionandosi supina, con la testa sui cuscini, si allungò per togliersi le scarpe.

Lentamente scossi la testa. "Quelle rimangono lì dove sono."

Sì, cazzo, quei tacchi da maiala rimanevano lì.

Riportò la sua mano sul fianco e, con le sue gambe decorosamente chiuse, potevo intravedere dei chiari riccetti sulla congiuntura delle cosce.

"Mostrami come ti masturbi."

Mi avvicinai all'orlo del letto e incrociai le braccia sul petto, evitando così di allungare la mano e toccarla.

"Cosa?" Chiese lei.

"Apri le gambe e mostrami la tua fica. Poi toccati. Lo hai già fatto prima d'ora, vero?"

Annuì, ma non aprì le gambe.

"Fammi vedere. Fammi vedere quello che non hai mai condiviso con nessuno, fammi vedere quanto puoi essere porca."

Raggiungendo il pacco, mi premetti la mano sul cazzo, lasciandole intendere che io, come lei, ero coinvolto.

Il semplice tocco della mia mano sui pantaloni mi fece sibilare.

Non sapevo per quanto ancora avrei

resistito, ma sarei morto felice anche solo guardandola.

"E io non posso guardarti?" chiese lei, con gli occhi che si abbassavano e seguivano la mia mano. "Io sono completamente nuda e tu sei ancora vestito."

Scuotendo la testa le rivelai: "Se lascio uscire il mio cazzo, tutto finirà presto. Troppo presto."

Lentamente, come mai, aprì le gambe, ma non abbastanza.

"Di più."

Separò i piedi.

"Di più," ripetei fino a quando ottenni l'incredibile vista della sua figa perfetta.

Aveva tenuto un piccolo boschetto di peli, che comunque non nascondeva le sue labbra sporgenti, bagnate della sua eccitazione. Le piccole labbra erano rosa, gonfie e separate, dato che aveva messo i piedi sul letto con quei tacchi eccitanti e con le ginocchia piegate.

E non potevo non vedere il suo clitoride duro che sbucava dal suo boschetto.

Era così favolosa, stesa lì con i suoi seni sollevati sul reggiseno, la sua giarrettiera e le calze, i suoi tacchi illegali, senza mutandine a coprirle la fica.

"Sei così bella, tesoro. Proprio una ragazzina bella e porca. Ora mostrami come ti tocchi."

Mentre mi sfregavo il cazzo attraverso i pantaloni, lei abbassò la mano sinistra fra le sue cosce. Non avevo idea che fosse mancina. Avevo ancora così tanto da imparare su di lei.

E quando le sue dita lavorarono insieme, in lenti movimenti circolari sul suo clitoride, poi più veloci, allora capii come voleva essere toccata. E quando i suoi occhi si chiusero e si abbandonò al suo piacere, allora sapevo di aver aspettato abbastanza.

Strisciando sul letto, mi posizionai fra le sue gambe aperte, la osservai mentre si toccava e mentre facevo scivolare le mie mani sul suo interno coscia.

Le sue dita si fermarono.

"Basta così. Riesco ancora a sentire il tuo sapore di prima. Ne voglio ancora."

Spostando la sua mano, rimasi fra le sue gambe, le mie spalle le mantenevano aperte. Leccai i suoi liquidi dall'interno di una coscia e poi dall'altra, prima di mettere la mia bocca proprio sulla sua fica.

Alzandosi sui gomiti, mi guardò dall'alto. Se non avessi sentito la sua barriera da vergine quando avevo inserito le mie dita al suo interno, avrei pensato che fosse una tentatrice, con i suoi bei capezzoli, le sue dita vellutate, il suo profumo dolce e muschiato attorno a me.

"Hai mai avuto una bocca su di te?"

Volevo essere certo che quella fica, in ogni sua parte, fosse mia. E se qualcuno l'avesse già avuta, le avrei fatto dimenticare il nome di quel qualcuno.

Trattenne il respiro e io le misi una mano sul basso ventre, aspettando.

"No," replicò, agitando freneticamente la testa.

"Vuoi farlo con me?"

Annuì.

"Non ancora. Non sei pronta."

"Sono pronta," ribatté.

"Ho un cazzo grosso e tu sarai troppo stretta. Non voglio farti male. Prima mi verrai sulla lingua, ti farò diventare bagnata e scivolosa per me così potrai avermi tutto. Poi, ti fotterò."

Avevo finito con le chiacchiere. Avevo bisogno ancora del suo sapore.

Leccandola dal buco fino al clitoride, sapevo di essere un uomo rovinato. Era così dolce, setosa, morbida, prosperosa, soffice e perfetta. Non volevo nessun'altra. Solo Emma. Per sempre.

L'unico obiettivo della mia vita era farla venire, darle un piacere che avrebbe ottenuto *solo* da me.

Poi l'avrei scopata, piano e con calma, e l'avrei rivendicata. L'avrei fatta venire di nuovo.

L'avrei levata a tutti gli altri, perché quella dolce fica, quel sapore, erano miei.

Miei.

Con la mia mano sulla sua pancia, tenendola ferma – le piaceva muovere i fianchi – le infilai dentro due dita dell'altra mano, cercando il suo punto G. Sapevo di averlo trovato quando sentii quella piccola protuberanza proprio dentro il suo buco, e quando inarcò la schiena e gridò, fui sicuro che quel piccolo bottone focoso l'avrebbe attivata.

La sua pelle si scaldò sotto il mio palmo, il suo respiro affannato si trasformò in piccoli sbuffi, poi in lamenti ansimanti e finalmente in urla di piacere. Le sue dita, impigliate nei miei capelli, mi strattonarono facendomi quasi male, ma non mi sarei fermato fino a quando avrei avuto ciò che desideravo: lei avrebbe gridato il mio nome.

Non passò molto tempo prima che avvolgessi le mie dita attorno al suo punto G e cominciassi a far guizzare la mia lingua sul lato sinistro del suo clitoride. E quando succhiai quella piccola perla, lei crollò, i suoi liquidi ricoprirono le mie dita, le sue cosce si strinsero sulle mie spalle. La sua schiena si inarcò sul letto, ed infine, gridò il mio nome.

Scuotendo i fianchi, cercai di calmare il mio cazzo, ma nulla lo avrebbe calmato eccetto essere sepolto nelle sue profondità. Dopo averla fatta rilassare con leccate leggere, aver tolto e leccato le dita, mi alzai in piedi e mi levai la camicia di dosso. I suoi occhi palpitarono e mi guardò togliermi tutti i vestiti.

E quando mi inginocchiai davanti a lei, col cazzo duro curvato verso l'alto, davanti al mio ombelico, i suoi occhi si spalancarono.

"Non saprei se essere felice o preoccupato al tuo sguardo."

Stringendo alla base, mi accarezzai quando dalla punta fuoriuscì il liquido pre-eiaculatorio.

Raggiungendo i miei pantaloni sgualciti, tirai fuori un preservativo e lo aprii.

"Sei... mio Dio, ma ce l'hanno tutti grosso come te?"

Mi fermai per arrotolare il profilattico su tutta la mia lunghezza.

"Non lo saprai mai." Il mio tono sembrò inquietante, ma non avrei parlato di altri uomini nel momento in cui avevo la sua fica tutta bagnata e pronta per il mio cazzo.

"Ma..."

Mettendole la mano dietro la testa, mi stagliai su di lei, incontrai il suo sguardo pallido.

"Non preoccuparti, ci entrerà."

6

mma

Alzai lo sguardo verso Carter, non dissi nulla, scossi solo un po' la testa, perché non ero sicura che ci entrasse. Era enorme. Se non avevo mai visto un ragazzo nudo in carne ed ossa, avevo comunque visto delle foto. E ce l'aveva più grosso di qualsiasi membro che avessi visto in foto. Sentivo ancora l'orgasmo che mi aveva dato – con la sua bocca! - e le mie pareti interne si strinsero, vogliose di essere riempite.

Non mi diede la possibilità di ribattere, perché si abbassò e mi baciò. Appoggiandosi sull'avambraccio non mi fece sentire il suo peso, ma comunque sentivo un pezzo duro e caldo. Una manciata di peli scuri sul suo petto mi stuzzicò i capezzoli. Era così muscoloso, così forte e potente.

Se finora lo avevo trovato sexy in giacca e cravatta, ora era di gran lunga meglio.

Dio, era bravo a baciare. Così bravo che mi stavo dimenticando che avrei dovuto essere spaventata dalle sue misure. Sicuramente una fica vergine non poteva gestirle. Mi si avvicinò, prese il suo cazzo e lo posizionò sulla mia entrata. Diede un colpetto, ma non entrò. Sollevando gli occhi, i suoi occhi scuri incontrarono i miei. Li fissarono. Ero imprigionata da quello sguardo.

I nostri sospiri si mescolarono mentre spinse piano dentro di me, aprendomi per bene, mentre mi guardava. Oddio, lui era grosso e io ero stretta. Lo aveva detto, e lo sapevo anch'io. Riuscivo a capire quanto mi sarei dovuta allargare per far entrare quel grosso martello dentro di me. Riuscivo a sentire i miei occhi spalancarsi mentre, pian piano, mi faceva sua.

Questa non era una bottarella in un bagno. Carter mi stava trattando bene, era gentile, scrupoloso, discreto. Mi aveva già fatto venire due volte e lui non era ancora venuto, nemmeno una volta. Ero contenta che mi avesse preparato, vista la mia precedente inesperienza.

Non riuscii a non irrigidirmi sotto di lui e sussultare in un brivido di dolore. Non era *orribile*, ma mi chiesi se fosse un manipolatore. Il suo cazzo era un mostro.

"Carter -"

Non mi lasciò dire altro, perché mi prese la bocca in un bacio incandescente, mi palpò il seno e giocò col capezzolo. Lo sentii duro di nuovo, e sapevo che lo stava facendo per distrarmi, per farmi godere, visto che centrai il suo girovita.

Affondò un po' di più, e poi si tirò indietro. Piano, dannatamente piano, mi entrò dentro. Almeno fino a quando non incontrò il mio imene. Mi avrebbe fatto male, lo sapevo. Il bacio di Carter divenne più profondo, più carnale, e io potei solo gemere. Ma poi mi sorprese quando mi pizzicò il capezzolo. Forte.

Gridai contro la sua bocca quando lo spinse tutto dentro, lacerando quello stupido imene.

Sollevò la testa per permettermi di respirare, ansimare a quel pensiero.

Dio, ero così piena. Sì, mi aveva fatto male, ma ora non più. Ora mi sentivo soltanto... sfondata. Aperta. Pretesa. E il mio capezzolo ebbe un fremito.

Inclinandosi, si portò alla bocca il capezzolo violentato e lo leccò, lo succhiò dolcemente.

Serrandosi su di lui, le mie pareti presero a pulsare e ad aggiustarsi per essere aperte.

"Shhh, dammi solo un minuto," mormorò, baciandomi il corpo fino al collo e all'orecchio.

Realizzai che le mie dita stringevano come degli artigli sui suoi bicipiti. Lentamente mi calmai, presi un altro respiro profondo e rilassai tutti i miei muscoli.

Dio, era perfetto. Lui era perfetto. Avrebbe anche potuto sbattermi per passare una serata diversa. Per una botta e via. Ma questo era molto di più di una sveltina. La stava rendendo un'esperienza memorabile.

Rimanere ferma sotto di lui stava diventando impossibile, quindi feci avanzare leggermente i miei fianchi, per vedere che cosa si provasse.

"Aspetta un minuto. Sono entrato per otto centimetri alla prima spinta e hai bisogno di adattarti." Percepii della tenerezza nella sua voce, ma anche un morso violento, scappato al suo autocontrollo. Sapevo che voleva muoversi, ne aveva bisogno. Restare fermo immobile gli costava caro. Il sudore gli gocciolava sul sopracciglio e il suo corpo era rigido.

Otto centimetri? Cazzo.

La sua mano vagava sul mio corpo, dal viso al seno, dalla vita al fianco, scivolando sulla gamba per poi piegarla accanto a sé. Mi ero completamente dimenticata delle calze e dei tacchi sexy ancora addosso.

Emettendo un lungo respiro, mi rilassai sotto di lui.

"Va meglio?" domandò, spostandomi dolcemente i capelli dal viso. Il suo sguardo scuro serpeggiò sul mio viso.

"Sì, meglio."

E lo era davvero. Ora mi sentivo semplicemente... piena. Non faceva male. Anzi, volevo che si muovesse.

Si tirò indietro di un centimetro e sentii i miei occhi sgranarsi. Non potevo perdermi il suo sorriso.

"Ti è piaciuto?"

"Sì," sospirai. Oh, merda, sì che mi era piaciuto. Era come se il suo cazzo mi avesse risvegliato tutte le terminazioni nervose. Terminazioni nervose che non sapevo di avere.

"E che ne dici di questo?" Lo tirò ancora fuori, fino a tenere solo la cappella dilatata fra le mie labbra separate.

"Non toglierti!" Gridai, aggrappandomi alle sue spalle.

"Shhh, non vado da nessuna parte." Lo spinse di nuovo dentro fino a quando fui di nuovo piena. "Visto?" Lasciai cadere la mia testa all'indietro e gemetti. Era una sensazione così bella. Così bella che sarei venuta. Il suo cazzo mia faceva davvero godere. "Di nuovo."

Lo tirò fuori, poi spinse di nuovo dentro, questa volta un po' più forte.

"Sì!"

Attorcigliai l'altra mia gamba al suo fianco.

"Stringi le gambe attorno alla mia vita e reggiti."

Lo feci, e lui cominciò a muoversi. Con le mie gambe in alto, in qualche modo andò ancor più in profondità, col bacino che mi sfregava sul clitoride. Ora non sentivo dolore. Nulla al di fuori del piacere.

Il suo autocontrollo era svanito.

"Sento il paradiso avvolgermi il cazzo, avvolgermi tutto. Durante quest'ultimo anno ho sempre sognato questo."

Oh, Cristo santo. Gli piaceva parlare durante il sesso, e adoravo la cosa. Era come un romanzo porno.

Era incredibile.

Lui era incredibile.

Presi fiato quando mi mossi, facendo oscillare i miei fianchi seguendo le sue spinte, per capire cosa potesse darmi ancor più piacere.

"Mi verrai su tutto il cazzo, vero cucciola?"

Oh sì.

Annuii e mi leccai le labbra. C'ero quasi. Il suo cazzo era fenomenale, non riuscivo a resistere.

"Sì, sto venendo. Oh. Mio. Dio. Sto…"

Le mie pareti interne si attaccarono al suo cazzo, bagnandolo, inzuppandolo, tirandolo dentro di me, senza voler mai lasciarlo andare. Mi accartocciai attorno a lui quando venni. Il sudore spuntò sulla mia pelle, e mi sentii sempre più bagnata. Così bagnata che, mentre mi scopava, il rumore del liquido risuonava per tutta la stanza. Era misterioso, carnale, porco eppure... era perfetto. Io ero una maialona.

Non riuscii a soffocare le urla. Era così bello. Meglio delle dita nel bagno del bar, meglio della sua bocca.

"Cazzo, i piccoli spasmi della tua fica sono la mia rovina. E anche quei tacchi sul mio culo. Cazzo."

Grugnì sul mio collo quando lo sentii gonfiarsi dentro di me, poi diventare duro. Sapevo che stava venendo, che il suo sperma stava riempiendo il preservativo. Proprio in quel momento lo avrei voluto nudo, per poter sentire ogni centimetro della sua pelle, il suo sperma caldo tutto dentro di me che mi avrebbe riempita. Rivendicata. Volevo appartenere a Carter Buchanan.

Mi aveva offerto una sola notte, ma sapevo che non mi sarebbe bastata.

———

Emma

MI SVEGLIAI sul fianco con Carter incollato alla mia schiena, col suo braccio attorno alla mia vita. Il sorriso sul mio viso fu automatico e rimasi lì, completamente immobile, a fissare il soffitto, le tende firmate, i mobili di mogano pesante e il tappeto color crema, abbastanza spesso da poterci nuotare dentro.

Durante la notte non avevo notato niente se non l'uomo con cui ero.

Ascoltando attentamente il suo respiro, stabile e costante, mi sentii libera di godermi ancora qualche minuto per fantasticare. Io, nel letto, con Carter. Se avessi chiuso gli occhi e abbandonato ogni tipo di logica, avrei potuto convincermi che quello era il mio posto.

La strada giusta per perdere la verginità con stile. Immaginai di darmi una pacca sulla spalla per prepararmi al dolore che sapevo sarebbe arrivato.

Dovevo andarmene. Ancor più stupida di una sveltina notturna col mio boss milionario c'era solo l'idea di rimanere la mattina seguente nella speranza di altro sesso.

E non sarei mai e poi mai tornata ad essere *quel tipo* di ragazza, a prescindere da quanto lo desiderassi. Certo, ero stata vergine, ma non così ingenua da pensare che fosse qualcosa di più dell'attrazione fisica e del sesso occasionale fra due adulti consenzienti.

Se non avessi già dato le dimissioni, sarei andata nel panico in quel momento. Ma alle nove mi aspettava un incontro col mio nuovo gruppo contabile e solo altri cinque giorni nell'ufficio dei Buchanan.

Ciò voleva dire che avrei dovuto sopravvivere ad altri due incontri con Carter e Ford. Due ore in presenza di Carter. E poi? Nuovo lavoro. Nuovi colleghi.

Nuova vita.

Diedi un'occhiata alla sveglia sul comodino. Le sette, e dovevo ancora tornare a casa, farmi una doccia e indossare qualcosa di dignitoso per l'incontro.

Con un sospiro, mi liberai dalla stretta di Carter e sgusciai fuori dal letto. Per prima cosa usai un app per chiamare un taxi. Guardai il piccolo puntino cercare la strada a qualche kilometro da dove mi trovavo. Sei minuti. Avevo sei minuti per farmi trovare fuori.

Non impiegai molto a rivestirmi, dato che non indossavo molte cose. Le mie mutandine erano sparite, non le vedevo da nessuna parte. Avevo ancora addosso la giarrettiera e le calze, e il mio reggiseno era a terra, accanto alla camicia di Carter. Sganciando le calze strappate e rovinate, le sfilai e le misi sull'angolo del letto. Ancheggiai nella mia gonna e abbottonai le piccole perle della mia camicia in un tempo da record. Stavo saltellando su un piede, cercando di rimettermi i tacchi, quando sentii una strana energia muoversi nella stanza.

Carter.

"Dove pensi di andare così presto?" Si mise supino, con le lenzuola scure abbassate sui suoi addominali. Alla vista di tutti quei muscoli mi aumentò la salivazione e, a giudicare dal sorriso superbo sul viso di Carter, mi aveva sicuramente guardato mentre lo ammiravo.

"Ho un incontro alle nove. Devo andare." Presi il mio cellulare, la carta di credito e la carta d'identità, infilandoli nel mio reggiseno, preparandomi verso il cammino della vergogna.

Mi guardò, con gli occhi delicati e affettuosi. Il modo in cui mi guardava mi fece piangere il cuore, desiderare di strisciare di nuovo in quel grande letto accanto a lui, raggomitolarmi e fare le fusa come un gattino.

"Resta. Solo per qualche altro minuto."

"Non posso."

Alzò un sopracciglio, mettendo il broncio. "Allora dammi un bacio prima di andartene."

Scossi la testa, sfuggendo alla tentazione. "Meglio di no."

"Emma. Vieni qui." Si sedette bruscamente, il lenzuolo scivolò, raggiungendo punti pericolosi, facendomi cadere l'occhio sulla cappella della sua erezione mattutina davvero grossa e impressionante. Mio Dio. Era magnifico. Lo avevo già visto la sera prima, ma ora, con la chiara luce del mattino... La mia fica ebbe un brivido quando l'eccitazione mi colpì intensamente e il leggero dolore fra le gambe mi ricordò esattamente in quale punto quella mazza lunga e dura fosse entrata.

Feci un altro passo indietro e mi morsi il labbro. "No. Devo andare." Ero sulla soglia quando si alzò, il suo corpo nudo era in bella vista, bello come quello di una divinità greca. I suoi capelli scuri erano spettinati dopo la notte, e sembrava ancora più bello.

Avvicinabile. Vero. Non era giusto, era così perfetto. Non era affatto giusto per noi comuni mortali. "Devo andare, Carter. Io sono... Io..." Cosa cavolo avrei dovuto dire? *Grazie per esserti preso la mi verginità. Era divertente?* "Grazie per questa notte."

"Emma -"

Lo interruppi, alzando una mano per farlo smettere di parlare. La situazione era già abbastanza complicata. "So che è stata una botta e via, Carter. Non preoccuparti. Non dirò nulla in ufficio."

"Emma – non è..."

Me la svignai prima che potesse finire. Non volevo sentire banalità o promesse che non avrebbe mantenuto. Conoscevo le regole, e avevo accettato di giocare. E che bel gioco che era stato. Di certo lui aveva segnato, ma entrambi ne eravamo usciti vincitori. Tuttavia, ora il gioco era terminato. Ora era il momento di comportarmi da donna adulta e matura, e di andarmene senza farne una tragedia. E, apparentemente, anche senza mutandine.

La sua casa era sconfinata, i lunghi corridoi erano pieni zeppi di opere d'arte classica e tappeti che, probabilmente, costavano più di quanto avrei guadagnato in un intero anno. Sì, era proprio fuori dalla mia portata.

Fortunatamente, tirai dritto fino all'entrata. Carter apparve in cima alla scalinata, e aveva trovato il tempo di rimettersi i pantaloni, seppur aperti e pendenti suoi fianchi. I suoi piedi erano nudi e il suo petto era un magnifico belvedere. Mi bloccai solo un attimo al fine di fissare l'immagine nella mia mente per un'ipotetica riflessione futura, e vacillai quando aprii il portone.

"Emma, fermati lì dove sei," mi ordinò. "Dobbiamo parlare."

Scossi la testa. Perché dovevamo rendere tutto più difficile? Da quando i tipi da "mordi e fuggi" volevano parlare?

"No. Sono una donna adulta. Sarò anche stata vergine, ma so cosa significhi una botta e via." Sfoderai un sorriso a trentadue denti, quasi ridicolo, per assicurarmi che mi vedesse tranquilla, anche se ero tutt'altro che tranquilla. "Grazie, Carter. Ciao."

Sbattendo la porta dietro di me, feci una corsetta nei miei tacchi, come un'idiota, lungo il viale curvo e ridicolosamente lungo. Alberi giganti incorniciavano entrambi i lati della strada privata che portava alla villa di Carter. Aiuole di fiori perfettamente curate e cespugli completavano il look di una grandiosa tenuta d'epoca. Mentre scappavo, mi voltai e memorizzai l'immagine della casa coloniale a due piani con le colonne in marmo, giganti finestre e muri bianchi e splendenti. Sembrava uscita da una fiaba. Il principe col cazzo magico.

Ma io non ero una principessa. Al diavolo.

La macchina che avevo atteso accostò e scivolai nel sedile di dietro proprio quando Carter uscì sul porticato. Lo salutai con la mano mentre l'autista faceva manovra per portarmi via dall'unico uomo sul pianeta che non avrei mai voluto lasciare.

"Ciao Carter." Sussurrai il mio addio quando l'autista raggiunse la strada. Asciugai una lacrima dalla mia guancia. Soltanto una. E mi rifiutai con tutta me stessa di pensare al motivo di quel pianto.

7

arter

"Dove cazzo è?" Entrai nell'ufficio di Ford con le mutandine di Emma in tasca. Era scappata da me. Spaventata. Avrei dovuto prevederlo, ma avevo fallito. Avevo lasciato che mi sfuggisse. Avrei dovuto dirle ciò che provo per lei. La ragione per cui è l'unica donna che ho portato a casa mia, nel mio letto. Pensava che volessi una sveltina, che l'avrei scopata e poi dimenticata. Cazzo, che l'avrei sverginata e poi dimenticata. Lei me l'aveva *concessa* e io non l'avevo presa alla leggera. Da quel che avevo capito, doveva esserci stato un malinteso. Era il momento di mettere in chiaro le cose.

Quello che avevamo condiviso era stato selvaggio e sporco. Piccante ed eccitante. Ma era stato anche... speciale. Il feeling fra di noi non aveva nulla a che fare con ciò che avevo provato con ogni altra donna. Non l'avevo solo sbranata, avevo memorizzato il suo sapore. Non le avevo solo preso la verginità, ma l'avevo guardata, ascoltata e avevo imparato cosa la facesse eccitare, cosa le facesse gridare il mio nome. Cosa le provocasse un orgasmo sol sottofondo di un fottuto urlo.

Si era addormentata tutta in disordine, sudata e ansimante, molto soddisfatta e sicuramente non più vergine.

Il perché della sua fuga, quando tutto andava così bene fra noi, dovevo ancora scoprirlo.

Aveva detto di avere un incontro alle nove. Erano le nove e quindici, Ford era nel suo ufficio e una donna che non conoscevo era seduta alla scrivania di Emma.

Ma. Che. Cazzo?

Se Emma pensava di poter sbarazzarsi di me così facilmente, presto si sarebbe ricreduta.

Ford alzò gli occhi dal documento che aveva in mano per ispezionarmi. Aveva l'aspetto di sempre, quello di un coglione severo. E lo era davvero. Se c'era qualcuno che aveva bisogno di una scopata, quello era proprio mio fratello. Mi assomigliava molto, coi suoi capelli castano chiaro, cioccolato piuttosto che castano scuro, occhi verdi invece che marroni, e lo sguardo torvo di nostro padre. I suoi occhi mi rovistarono dentro con l'acume che aveva sorretto la nostra compagnia da quando, due anni prima, nostro padre si era ritirato. Ford era uno stronzo spietato e brillante, e la famiglia Buchanan contava su quei suoi tratti ogni dannato giorno. In realtà, cercavo spesso di imitarlo. Ma in quel momento, non ero in vena di giocare.

"Chi cerchi?"

"Emma."

"Oh." Il suo tono sprezzante trovò riscontro nella sua espressione, e ritornò a concentrarsi sul documento che aveva di fronte come se non fossi lì in piedi nel suo ufficio, come un coglione alla disperata ricerca di risposte.

"È andata via."

"Cosa intendi per andata via?"

Mio fratello non si preoccupò di

sollevare lo sguardo. "E' ad un incontro. Miller e Walsh. A due isolati da qui, l'edificio luminoso sulla destra."

"So dov'è il loro ufficio." Avevamo fatto affari con loro per più di un decennio.

Buon Dio, mio fratello stava facendo volontariamente lo stronzo ottuso o era cieco? Sprofondai nella sedia di fronte a Ford e misi i piedi sulla scrivania, solo per rompergli un po' le palle. Strisciai le suole con forza sul legno levigato, per attirare la sua merdosa attenzione. "Perché è lì?" La mandibola di Ford si strinse quando vide le mie scarpe sul suo sacro e antico mogano, ma finalmente mise giù quel fottuto pezzo di carta e mi guardò. "Sta incontrando il suo nuovo team di contabili."

"Perché hai un team di contabili da Miller e Walsh?"

Ford alzò gli occhi al cielo e sorrise

lentamente. Per quel sorriso le donne gli gettavano le loro mutandine. Non lo faceva spesso, perciò quel fottuto sorriso mi rese nervoso. "Non ce l'ho." Ford si inclinò sulla sua scrivania, con le braccia incrociate e appoggiate sul documento ben aperto. "Perché sei così interessato agli spostamenti della Signorina Sanders?"

"Perché lei è mia," Confessai apertamente, soprattutto perché era già stata nel mio letto e l'avevo fatta mia. L'ultima cosa da ufficializzare era quella di farla rinunciare al preservativo e riempirla col mio sperma. Marchiandola col mio odore.

Ford grugnì. "Dici sul serio?"

"Sì, dico sul serio. È mia Ford." Mio fratello aprì la bocca, di certo per farmi una ramanzina, ma sollevai la mano per bloccarlo. "Non azzardarti a rimproverarmi per le linee di condotta della società o questo tipo di cazzate. Lei è mia."

Il silenzio si impadronì del suo ufficio e ci fissammo entrambi a lungo. Non avrei mollato. Non in quel caso.

"Emma Sanders ha dato le sue dimissioni lunedì," Disse Ford, col suo tono calmo, opposto al mio. "In questo preciso istante è ad un incontro con la sua nuova squadra di transizione da Miller e Walsh."

"Se n'è andata?" Non aveva mai accennato a questo. Ma era pur vero che, oltre ad "ancora", "ti prego" e al mio nome dopo averle sfilato le mutandine, non aveva detto altro. Era uscita in fretta e furia e quindi non avevamo avuto molto tempo per farci una chiacchierata.

"Sì", confermò Ford. "Il suo lavoro qui era soltanto temporaneo. Fare la segretaria per me non era il lavoro adatto a lei. È troppo intelligente. Era solo un modo per arrotondare durante il suo master."

Già, era troppo dannatamente sveglia per essere la passacarte di Ford a vita. Sapere che aveva un piano fin dall'inizio, che aveva la testa sulle spalle, non fece che aumentare la mia ammirazione nei suoi confronti.

Cazzo. Ero uno stronzo egoista, la volevo al piano di sotto, non a due isolati da me. Due isolati. Avrei potuto accettarlo, a patto che sarebbe venuta a casa mia ogni notte.

Ford tornò a sedersi, congiungendo i polpastrelli. "Che sta succedendo fra te ed Emma?"

"La sposerò, ecco cosa sta succedendo."

Ford sghignazzò come uno scapolo senza cuore – e cazzo – in subbuglio per una donna ben precisa. "E lei lo sa?"

"No."

Rise ancor più forte e io, standomene lì in piedi, lo mandai a fanculo e poi uscii dal suo ufficio.

"Ma presto lo saprà."

Uscii da quel posto, senza alcuna voglia di rimanere nei paraggi se tanto Emma non c'era. Avevo già liberato l'agenda con Tori ieri, dopo aver sentito che Emma voleva scopare. Il *mio* piano era portarla a casa, sedurla e convincerla a rimanere. Non avrebbe dovuto fuggire spaventata alle prime luci dell'alba. No. Sarebbe dovuta rimanere tutto il dannato giorno nel mio letto, e lì avrei potuto dirle che la volevo, per sempre, che desideravo coccolarla con tanti baci, e riempirla col mio cazzo.

―――

Emma

. . .

Appena rientrai in casa calciai i miei tacchi, mi strappai di dosso il tailleur blu e indossai una tuta e una maglietta sbiadita dell'università. Con una salvietta mi tolsi i residui di trucco, mi lavai di dosso lo stress dell'intensa giornata. Ce l'avevo fatta. Era ufficiale. Ero un Giovane Perito Finanziario.

Non vedevo l'ora di cominciare con un *vero* lavoro, stabile, il primo passo per la scalata della gerarchia aziendale. Un lavoro come investigatrice finanziaria. Volevo trovare delle incongruenze e risolverle. Mi piacevano i numeri, mi piaceva trovare la giusta soluzione ad ogni problema, e il lavoro che mi avevano offerto faceva proprio al mio caso. E per di più avrei potuto pagare i miei debiti facendo esattamente ciò che mi rendeva appagata. Ricoprire quel ruolo nella prestigiosa Miller e Walsh non faceva che accrescere il mio entusiasmo.

Mentre sciacquavo i vestiti e li appoggiavo sul bordo del lavandino, la mia mente volò dal mio nuovo lavoro a Carter. Alla notte che avevamo condiviso. Al dolorino fra le mie gambe. Ero riuscita a stento a muovermi sulla sedia, durante il corso di orientamento, senza ricordarmi del rapporto. Ero scappata da casa sua, ma il pensiero di lui non mi aveva mollata un attimo durante a giornata.

Avevo ottenuto esattamente quello che volevo. Osservandomi allo specchio, mi domandai se ora chiunque potesse accorgersi che non ero più vergine. Tirandomi i capelli indietro, li legai in una coda disordinata. Non *sembravo* diversa. Piuttosto mi sentivo diversa. La mia fica era dolente nel profondo, ma non mi importava. Se quella sensazione era tutto ciò che mi rimaneva di Carter, allora ne era valsa la pena. Il dolore fisico sarebbe sparito.

Ma quello del cuore no. Almeno per un bel po' di tempo. E, per fortuna, il fatto di non essere più nello stesso edificio con lui era capitato nel momento giusto. Vederlo ogni giorno, vederlo con altre donne, mi avrebbe lentamente uccisa.

Quindi indossai i miei mutandoni e accettai la notte precedente per quello che era stata. Una botta e via. Ora sapevo cosa si provasse ad essere scopata. Considerando i racconti delle mie amiche, ero stata fortunata con la bravura di Carter. Non solo bravura, ma incredibile maestria. E anche dolcezza. C'erano così tante cose che adoravo di Carter, specialmente l'essere avvolta nelle sue braccia per tutta la notte. Mi piaceva... tantissimo.

Ecco perché soffrivo... tantissimo. Non mi bastava una notte. Ero il tipo di ragazza che voleva di più. Una casa, dei bambini, un cane, persino una monovolume. Volevo tutto questo con Carter, ma mi stavo illudendo. Mi guardai con disapprovazione nello specchio.

Carter Buchanan in una monovolume a passare i cereali a un capriccioso bimbo di due anni. Sì, certo, come no!

Spegnendo la luce, mi diressi in sala per aprire una bottiglia di vino. Mi meritavo un bicchiere... o un'intera bottiglia. Il campanello mi fece correre verso il portone. Sbirciai dallo spioncino e giuro che il mio cuore non smise di battere.

"So che ci sei, Emma," Disse da dietro la porta.

Perché era lì? I tipi da sesso occasionale non venivano a trovarti a casa. Avrebbe contraddetto il significato di "occasionale".

Facendo un bel respiro, sbloccai il chiavistello e aprii il portone.

Dio, era bellissimo. Indossava un completo nero fatto su misura, una fresca camicia bianca e una cravatta blu chiaro. Cose che costavano più della mia macchina sgangherata. Il suo sguardo mi esaminò accuratamente, dalle unghie dei piedi, smaltate di rosa scuro, in su.

"Mi piace questo look," commentò.

Oddio. Tutone, maglietta vecchia, senza trucco, capelli sciatti. Era il look meno romantico sulla terra. Invece di sospirare, dissi, "Cosa ci fai qui?"

"Ti porto a cena. O almeno lo spero."

"A cena?"

"Hai finito col master e hai ottenuto un nuovo lavoro. Bisogna assolutamente festeggiare."

"Carter, non sono vestita per un appuntamento."

Si avvicinò e io indietreggiai,

rendendomi conto che non lo avevo invitato ad entrare.

Quando entrò, si guardò attorno. "Bel posto. Ti si addice."

Avevo lasciato le pareti bianche, ma avevo dato un tocco di colore con dei cuscini e dei poster.

Non si poteva fare più di tanto in affitto, ma ora, col nuovo lavoro, avrei potuto mettere dei soldi da parte per comprarmi un appartamento tutto mio.

"Grazie Carter, Io -"

Le parole mi si fermarono in gola quando i suoi occhi scuri incontrarono i miei. C'era molto di più, in quegli occhi, di una semplice cena di laurea.

"Vieni a cena con me. Non per il lavoro, ma perché lo desideri." Quando rimasi a fissarlo, a bocca aperta, continuò. "Io voglio che tu venga."

Il modo in cui lo disse fece vacillare la mia risolutezza.

"Non indosso i vestiti giusti per

andare a cena." Dissi indicando il suo completo.

Senza aggiungere altro, prese la cravatta all'altezza del nodo, la allentò e se la sfilò dalla testa, e poi si slacciò il primo bottone della camicia. Si scrollò di dosso la giacca e se la gettò, insieme alla cravatta, sul braccio.

"Ecco fatto. E tu comunque sei... perfetta." I suoi occhi si accesero, racchiudendo anche un altro pensiero che non riuscii a riconoscere. "Andiamo a cena. Dì soltanto di sì."

Volevo andarci davvero con tutto il cuore. Ma con Carter sarebbero arrivati dei guai, grossi guai. Un conto era una sola notte, ma, anche se desideravo altro con lui, lo *conoscevo* bene. Conoscevo il suo stile di vita. Le sue donne. Lo volevo così tanto che facevo fatica a respirare, ma conoscevo la triste realtà. Carter mi avrebbe spezzato il cuore in mille pezzi se glielo avessi permesso. La notte precedente mi aveva convinta. Se mi fossi lasciata toccare ancora, sarei stata spacciata. Ero troppo debole per stare con lui senza innamorarmene.

Merda, per quello ormai era già troppo tardi. Lo sentivo. Tuttavia, non ero una masochista. Sapevo come sarebbe andata a finire e non volevo compromettere la mia stabilità emotiva.

"Dai, andiamo a cena." A quel punto spuntò il suo sorriso. Il suo pezzo forte. "Dovrai pur mangiare qualcosa."

Alzai gli occhi al cielo. Quel dannato sorriso. Non era giusto. "E va bene."

Accettai, ma solo per avere la possibilità di dirgli che non sarei più uscita con lui. Non avrei affrontato quel discorso nell'intimità di casa mia, vicino alla tentazione di un letto grande e soffice.

Lui attese mentre mi infilai un paio

di scarpe, afferrai la borsa e chiusi a chiave, e poi mi aiutò a salire in macchina. Ero intrappolata nell'abitacolo elastico, distinguendo il profumo di pelle e, ovviamente, quello di Carter.

Sprofondò nel posto del guidatore, mise l'auto in moto e appoggiò le mani sul volante.

Sapevo cosa potessero fare quelle dita, quanto fossero abili. Mi aggiustai sul sedile, non riuscivo a smettere di guardarlo con la coda dell'occhio. Dio, era una vera bomba. Solo indossando la camicia, col lino che gli modellava perfettamente le ampie spalle e gli addominali marmorei. Per dieci lunghi mesi, ogni singolo giorno, avevo studiato con discrezione il suo fisico statuario ma mai senza la giacca. La palestra aziendale era al secondo piano, e spesso ero dovuta andare a cercarlo lì. I pantaloncini sportivi e una maglietta attillata, zuppa di sudore, gli stavano benissimo, e più di una volta avevo dovuto distogliere lo sguardo mentre gli parlavo, per la paura che potesse scorgere sul mio viso l'impulso di leccarlo tutto.

Ma ora sapevo come fosse senza vestiti, completamente nudo, cosa potesse farmi provare.

Guidò in silenzio per qualche minuto. Non sapevo cosa dire. Sembravo una poveraccia e mi sentivo così inferiore a lui. Non sapevo nemmeno perché mi trovassi lì, in quella stupida auto. Per cena. Diamine, questa... illusione era tremendamente stupida. Non mi avrebbe portato a nulla, e la cena avrebbe reso il mio allontanamento ancora più difficile. Più ci pensavo, più rendevo conto che era un grosso sbaglio. Un enorme sbaglio. Esitare con il mio desiderio, la mia stupida speranza, non mi avrebbe portato a nulla di buono.

Mi spostai sul sedile, ora stufa di quell'umidità che sentivo ricoprire l'interno delle mie cosce, di quel dolore vaginale causatomi, la notte prima, non soltanto dal suo cazzo. Ero bagnata e pronta per lui. Di nuovo. Fanculo. Perché proprio Carter? Perché non potevo prendermi una cotta per Dave della contabilità? Era single, non male, e solo un anno più grande di me. Avrebbe avuto più senso. E invece? Questa era pura follia.

Sospirai e spostai le gambe, cercando di ignorare il profumo della colonia di Carter. Ma sembrava penetrarmi nel corpo come un afrodisiaco, farmi pensare di toccare Carter, baciarlo, aprire le mie gambe e guardarlo leccarmi, fino a farmi implorare di scoparmi. Di nuovo. Nella mia mente ero la protagonista di un maledetto romanzo erotico, e Carter era l'eroe e ragazzaccio che sapeva come farmi godere fino a farmi contorcere, tanto da farmi dimenticare persino il mio nome. E sapevo che poteva farlo davvero. Nel suo letto, per un po', avevo dimenticato la realtà a me circostante, mentre mi riempiva, mi assaggiava, mi teneva stretta e spingeva…

Un piccolo gemito mi sfuggì dalle labbra, e cercai di soffocarlo, stringendomi le mani in vita. Mi girai per fissare il finestrino e vidi che stavamo per arrivare ad un ristorante aperto ventiquattro ore su ventiquattro, proprio come aveva detto. Dio, era un suicidio emotivo. "Credo che faresti meglio a riportarmi a casa, Carter."

Carter spense l'auto e mi affrontò.

"Perché? Amo la torta che fanno qui. Non ti piacciono le torte?"

Dovevo sorridere. "Sì, mi piacciono le torte."

"E allora qual è il problema?"

"E' che non capisco." Mi strattonai l'orlo della maglia, tirandolo in basso sui miei addominali, per avere un altro strato di protezione fra lui e la mia fica super eccitata. Mio Dio, ero patetica.

Si imbronciò, con la fronte appoggiata al volante. "Beh, anch'io credo di non capire. Spiegami, tesoro."

Sollevai una mano fra di noi. "Proprio questo. La parola "tesoro". Perché continui a chiamarmi così? Era una botta e via, e allora perché portarmi a cena?"

"Non ho mai detto che fosse una botta e via," ribatté.

"Carter, abbiamo pomiciato nel bagno di un bar." Sentì una vampata di calore sulle guance e dovetti distogliere lo sguardo.

"Quella non era una pomiciata, quelli erano i preliminari."

Oddio. Avevo bisogno di un nuovo

paio di mutandine. Le mie mani si intrecciarono sul mio ventre mentre lui continuava.

"Preliminari per quello che poi abbiamo fatto nel mio letto, preliminari per quello che faremo più tardi questa notte. E domani. E per sempre."

Inarcai le sopracciglia. "Per sempre? Ma se sei un -"

Mi morsi il labbro e lui si imbronciò. "Finisci quella frase."

Non l'avevo nemmeno detto, eppure sentivo di averlo insultato. Ma comunque avevo visto le donne, le foto. Sapevo la verità.

Abbassai gli occhi. "Sei un puttaniere, Carter. Lo sanno tutti. Non vivrei bene pensando di essere solo una fra le tante donne della tua lunga fila. Non sono quel tipo di ragazza."

Un clacson squillò in strada, ma poi ci fu il silenzio. Cristo, avrebbe acceso la macchina e mi avrebbe riportato a casa. Forse avrebbe anche sbloccato le sicure per poi gettarmi sul ciglio della strada.

"Dunque pensi che io sia un puttaniere," disse alla fine.

Ero contenta che l'abitacolo fosse buio, così da nascondere il rossore delle mie guance. Probabilmente intuì che non avevo intenzione di rispondere, quindi continuò, in tutta tranquillità.

"Non sono stato con nessuna donna da quando ti ho incontrata."

Mi voltai di scatto per guardarlo. Le lunghe ciocche di capelli scuri erano meno curate rispetto a quando era in ufficio e soffrivo per il desiderio di far scorrere le mie dita fra di loro. La sua mandibola era oscurata dalla ricrescita della barba.

"Non ti credo," replicai, tirandomi verso lo sportello per tenermi il più lontano possibile da lui.

"Non credere ai pettegolezzi."

"Io non do ascolto alle voci che girano in ufficio." Ne avevo abbastanza di girarci attorno e sapevo bene come far venire la verità a galla. La mia fonte era molto più che affidabile. Cazzo, gli combinava gli appuntamenti. Tori. La mia amica Tori era l'assistente personale di Carter. Quella stronzetta sapeva tutto – e me lo riferiva.

Diede un'occhiata e me e poi alla coppia che era entrata nell'auto a fianco alla nostra. "E va bene, allora con chi sono stato?" mi domandò. "Sei amica di Tori e lei sa tutto della mia giornata, più di quanto ne sappia io."

Esatto! "La bionda al ballo di Harris," gli dissi.

Pensò un attimo a quell'evento dello scorso gennaio.

"Mia sorella."

Sua -

"L'accompagnatrice durante la festa del Giorno dell'Indipendenza." Non poteva di certo avere due splendide sorelle, una bionda e l'altra rossa.

"Evelyn Patterson."

Gettai gli occhi al cielo. Almeno non stava negando di essere andato con una donna.

"La moglie del mio miglior amico," aggiunse. "Hai già incontrato Colin Patterson. Il tipo alto con cui ho giocato a golf... insieme a Ford, per partecipare a quella serata di beneficenza, lo scorso agosto. In merito al picnic, Colin era di turno durante le vacanze ed era stato chiamato per un cesareo d'urgenza. Lui è un ginecologo. Gli sarebbe dispiaciuto lasciare Evelyn da sola e per questo lei è venuta con me."

Oh.

"Cos'altro, Emma?" Colsi il suo sorriso superbo, che conoscevo fin troppo bene, apparirgli sulle labbra. Ancora una volta non sembrava, nemmeno un po', un uomo colto con le mani nel sacco.

Sembrava troppo sicuro di sé, come se stesse dicendo davvero la verità.

"La scorsa settimana, alla festa per la fusione dei Milkin."

"La mia vicina di casa," ribatté prontamente. Appena l'auto di fianco a noi andò via, ci fu di nuovo il silenzio. L'auto era come un bozzolo chiuso nella sua quiete. Ora il suo profumo di pulito era più intenso e, col suo sguardo puntato addosso, i suoi occhi sembravano quasi neri. "E prima che tu dica che ci ho scopato, no, non l'ho fatto. È lesbica e non trova il mio strumento molto attraente."

Non riuscii a resistere, rimasi a bocca aperta.

"E allora perché?" chiesi, prima di ricredermi.

"Perché mi trovo delle

accompagnatrici già impegnate o prive di interesse per me?

Perché la donna a cui avrei voluto chiedere di uscire era seduta nell'ufficio di mio fratello. Dovevo portare una ragazza come ben sai, quindi ho cercato delle accompagnatrici, tutto qui."

"Quindi davvero non hai -"

Non riuscivo a finire le frasi in sua presenza.

"Non ci ho scopato. Non mi sono scopato nessuna. Cazzo, non ne ho *sfiorata* nemmeno una da quando ti ho vista. Ho aspettato, Emma, aspettato che finissi i tuoi studi. Mi sono comportato come un fottuto gentiluomo." La sua mano afferrò lo sterzo con una forza tale che pensavo l'avrebbe rotto. "Fino a quando mi hai forzato la mano."

Oh. Merda. Tutta la questione della verginità.

Si voltò per guardarmi e io mi

sciolsi nel sedile, tutto il mio corpo era in fiamme per lui. "Il tuo corpo è mio, Emma. Io non condivido."

Di norma, il comportamento da uomo delle caverne mi avrebbe disgustata. Ma venendo da Carter, mi fece l'effetto opposto. Mi sentii voluta, desiderata. L'idea che fossi stata *io* la causa della sua astinenza era davvero sconvolgente. Io! Non ero nulla di speciale, niente in confronto a quelle meravigliose donne che lo avevano accompagnato a quegli eventi, specialmente ora che indossavo un tutone e non c'era nemmeno una palestra nelle vicinanze. Ma lui non aveva toccato quelle ragazze. Di certo non sua sorella, e nemmeno la moglie di un suo amico. Poteva anche essere il più bello e il più bravo, ma non aveva speranze con una lesbica.

"Perché proprio io?" gli chiesi quando spense l'auto.

"Sei intelligente, bella ed elegante. Le tue curve sono kilometriche e, ogni volta che ti guardo, riesco a pensare solo a piegarti sulla mia scrivania e mettertelo dentro. La verginità di cui volevi liberarti era mia."

"Tremendamente possessivo da parte tua," risposi.

Lui mi fissò, con gli occhi scuri e decisi. Ci vidi molte cose, tutto quello che non mi aveva mai mostrato prima. Era lo sguardo più focoso, lo sguardo più carnale che avessi mai visto. "Io ti desidero Emma. E non per un'avventura di una notte."

Non riuscivo a respirare, la speranza era come una farfalla che mi volava nel petto. "E allora cosa vuoi?"

"Il per sempre."

Il mio cuore batté all'impazzata. Altro che farfalle. Una mandria di bufali mi correva nello stomaco e mi sentii svenire.

Carter mi guardò per un momento, poi si avvicinò per toccarmi la fronte, come se fossi una bimba con la febbre.
"Emma? Tutto bene?"
"No." No. Affatto. Ero come entrata in una specie di universo parallelo dove ero riuscita a fare sesso con Carter Buchanan. E dove ora il tipo miliardario, sexy come un dio, si era messo a parlare del "per sempre" con la segreteria ingenua e alle prime armi. Doveva essere un sogno. O uno scherzo. Forse una scommessa? Aveva per caso fatto una di quelle stupide scommesse su chi vince per primo la verginità, come nei film? Quanto ero stupida a starmene lì, in quell'auto?

Sul serio. Per quale assurdo motivo Carter Buchanan, il miliardario sexy e intelligente, voleva proprio una ragazza qualunque del ceto medio, una segretaria che non era mai stata con uomo?

Sarebbe dovuta essere con una modella o un'attrice. O una cazzo di dottoressa o una cosa del genere. Mi stavo ingannando. Distogliendo lo sguardo dalla sua espressione preoccupata, dissi, "Portami a casa, per favore."

"Parlami."

"Portami a casa."

Vidi un muscolo della sua mascella contrarsi, ma mise in moto e mi riportò. Il breve tragitto trascorse in uno straziante silenzio di tomba. Pensavo che mi avrebbe scaricata e poi sarebbe sparito, vista l'indifferenza con cui lo stavo trattando. Invece parcheggiò e si affrettò ad aprirmi la portiera per aiutarmi a scendere. Aiuto che si rivelò molto utile, dato che le ginocchia mi tremavano da pazzi, e lo stesso valeva per le mie emozioni.

8

mma

CARTER STRINSE il braccio attorno alla mia vita e mi portò fino all'entrata. Quando armeggiai con le chiavi, me le prese di mano e aprì la serratura. Dopo avermi scortato fin dentro l'appartamento, chiuse il portone, accese una luce e mi accompagnò al divano. Mi sedetti col respiro pesante.

Forse avevo davvero bisogno di

mangiare. O di affrontare la realtà. Era come se tutto mi stesse sfuggendo di mano.

Solo pochi giorni prima ero sicura di me, ero pronta a dare una svolta alla mia vita, pronta a lasciarmi alle spalle l'ossessione per Carter.

Ora era in ginocchio sul pavimento del mio soggiorno. In ginocchio! Le sue mani giacevano sulle mie cosce, come se fossero di sua proprietà, e il loro calore schiarì la mia foschia mentale, trasformandola in qualcos'altro.

"Carter," sospirai.

Tentata oltre ogni misura, aprii leggermente le gambe, vogliosa di sentirlo lì, anche se mi odiavo per quella mia debolezza.

No. Non avevo bisogno di mangiare. Avevo bisogno che Carter mi toccasse, mi facesse sentire viva, vera, amata. Non quella versione di me spaventata e traumatizzata, troppo impaurita per credere anche a una sola parola uscita dalla sua bocca.

Ero innamorata di Carter. Lo ero stata per mesi. E sentirlo parlare del "per sempre" così alla leggera, quando sapevo che non potesse davvero fare sul serio... beh... mi feriva un po'. Mi spezzava il cuore.

"E' meglio che tu vada." Lo amavo, ma non ero un'idiota. Sapevo come stavano le cose dalla sera prima, quando lo avevamo fatto. Ero vergine e voleva essere lui ad inaugurarmi. Bene. Avevo recepito il messaggio. Per qualche strana ragione, agli uomini piaceva essere la prima volta di una ragazza. Ma non mi importava. Un estraneo al bar, a quell'ora, sarebbe già stato un ricordo lontano. Ma Carter, lui poteva mandarmi così fuori di testa.

"No. Non vado proprio da nessuna parte fino a quando non mi ascolti." Le sue parole erano insistenti, tanto quanto le sue mani sulle mie cosce.

Scossi la testa e tornai in me. Chiudendo le gambe, sollevai la testa e lo guardai dritto in faccia. Gli mostrai quanto mi stesse ferendo con i suoi giochetti. "Ti prego... ti prego vai Carter. Non è più divertente."

"Non sto scherzando." Carter si infilò la mano in tasca e tirò fuori un piccolo portagioielli di velluto nero. "Sposami Emma. Io ti amo. Ti amo da mesi. Sei l'unica donna per me. Io ti desidero. Voglio che tu sia la madre dei miei figli. Voglio essere tuo. Non solo per una notta, Emma. Per sempre."

Lo fissai sbalordita, fino a quando aprì la scatolina e me la mostrò. Dentro c'era il più bel diamante solitario che avessi mai visto.

Sbattendo le palpebre lentamente, guardai l'anello e poi il suo viso, vidi la sua sincerità, il suo bisogno, il suo amore. Sentii una lacrima scivolarmi sulla guancia destra e cercai di asciugarla rapidamente con le dita tremanti, sperando che non l'avesse notata.

"Dì di sì."

"Mi desideri davvero?" dissi con un filo di voce. "Ma sono molto più giovane di te. Sono inesperta e tu sei… tu sei -"

"Vecchio?" mi chiese.

Scossi la testa. Sì, certo, era più vecchio di me, di dieci anni. Ricordavo la data del suo compleanno quasi meglio della mia. Non mi importava.

"Sei così disinvolto, hai così tanta esperienza, non solo nel sesso, ma anche nella vita." Alzai una mano, scuotendola mentre parlavo. "Io sto ancora facendo i primi passi. Perché dovresti volere qualcuno come me?"

Non riuscivo a non scrutargli il viso,

il mento scolpito, la mascella pronunciata e il calore nei suoi occhi.

"Ti desideravo prima ancora di sapere della tua verginità. Quando ho scoperto che eri innocente, intoccata..." Ebbe un fremito, distolse lo sguardo dal mio. "Sapere di essere l'unico ad averti, l'unico ad essere nella tua dolce fighetta, mi rende super eccitato. Voglio che ogni tuo gemito di piacere, ogni urlo, ogni liquido fra le tue gambe appartenga a me."

Sentii un brivido di eccitazione. I miei capezzoli s'inturgidirono e le mie mutandine s'inzupparono. Per quasi un anno non avevo mai conosciuto quel lato di Carter. Era stato solo un uomo d'affari, freddo e professionale. Il calore che adesso mi stava rivelando mi sfaceva sciogliere. Il Carter controllato e calcolatore era davvero sexy. Ma al Carter primitivo era davvero impossibile opporre resistenza. Il modo in cui mi guardava rendeva il mio corpo sofferente, alla disperata ricerca del suo cazzo. Mi rendeva pazza di *lui*.

"Riesco a vederlo nei tuoi occhi, tesoro. Anche tu mi vuoi."

Lo volevo. Dio se lo volevo!

Non potevo negare ancora per molto. Era venuto al bar per me, mi aveva regalato del sesso pazzesco. Ero stata io ad andarmene, a lasciarlo solo sul suo letto a due piazze. Non se ne era sbattuto. *Ero stata io* a farlo. Ero stata io ad usarlo, mentre lui mi voleva ancora. Eppure, era lì.

Era venuto a casa mia, mi aveva portato i fiori al lavoro, mi aveva chiesto di andare a cena come un vero gentiluomo e poi mi aveva detto che voleva sbattermi violentemente, ed era come buttare benzina sul fuoco. E poi l'anello. Sì, cazzo, lo desideravo. Per sempre?

Sì, assolutamente. "Ti amo, Carter."

Gemette a queste tre semplici parole e si alzò per toccarmi il mento. "Finalmente te lo sento dire."

Lasciò un piccolo e dolce bacio sulle mie labbra e mi sciolsi. "Ti amo, Emma. Sposami."

Ancora non riuscivo a crederci. Predicava bene e razzolava anche bene, eppure... "Mi ami?"

"Ho provato a dirtelo in tutti i modi, ma sei così cocciuta."

Risi, mentre lui mi prese la mano sinistra e infilò l'anello all'anulare. Calzava a pennello. Messolo al posto giusto, Carter continuò a stringermi la mano, e rimase ancora in ginocchio. Mi guardò, e io lo guardai.

"Emma, vuoi sposarmi?"

"Sì."

Ma certo.

Gli gettai le braccia al collo. Lui mi prese e io premetti le mie labbra sulle sue, desiderosa di sentirlo duro, eccitato, *in carne ed ossa*. Dio, era tutto vero! Era mio.

Non riuscimmo a lasciare il tappeto. Io volevo sentirlo, baciarlo, scoparlo, ma il mio letto era troppo lontano. Gli sollevai la camicia fino a lasciarlo a petto nudo, tirandogli dalla testa anche la canottiera. La gettai via e poi afferrai un lembo della mia camicia, levandomela di dosso.

Carter rise vedendomi così spigliata, così diversa rispetto alla notte prima, ma mi lasciò fare.

Piuttosto mi assecondò. Mi sganciò il reggiseno in pochi secondi e io lo buttai via, mentre la sua bocca si aprì per il primo capezzolo e poi per l'altro, provocandomi.

Gli afferrai i capelli e, a quello strattone, gridai di piacere.

Mi imbronciai quando si fermò. Il mio lato oscuro, la stronzetta vogliosa e tenebrosa, pian piano stava emergendo. Era rimasta sopita per molto, molto tempo. Per anni. Ma il tocco di Carter l'aveva risvegliata, e adesso era affamata. Voleva di più, più baci, più carezze, più Carter, nudo e prepotente, a sbatterla con quello sguardo selvaggio dipinto in viso.

"Carter?"

Abbassò la testa sulla mia pancia la baciò dolcemente , guardandomi attraverso le sue folte ciglia.

"Ti scoperò Emma. Voglio farlo senza protezione, ma non so se sei pronta per quello che voglio."

Ero abbastanza sicura di cosa stesse parlando, ma chiesi ugualmente. "Cosa vuoi fare?"

Eravamo entrambi inginocchiati, mi tirò a sé, petto a petto, e mi guardò dritto negli occhi.

"Voglio scoparti fino a farti gridare. Ti voglio nuda e cruda. Voglio sentire ogni singolo centimetro della tua fica accarezzarmi l'uccello duro."

"Sì." Volevo anche quello. Volevo sentirlo, senza barriere fra di noi.

"Voglio che mio figlio cresca nella tua pancia."

Mi gelai, il mio corpo si surriscaldò a quel pensiero. "Carter, Io -"

Mi zittì con dei baci. "Non ancora. So che non sei pronta. Ma presto."

Annuii. Presto mi andava bene. Ma non quella notte. "Prendo la pillola per il ciclo." Raggiungendo la fibbia della sua cintura sorrisi. "Niente preservativo, Carter."

Carter si lasciò slacciare i pantaloni, e lì finì il suo controllo. Balzando in piedi, si strappò di dosso il resto dei vestiti mentre io, ipnotizzata, mi inginocchiai di fronte a lui. Quell'uomo splendido, perfetto, era mio. Tutto mio.

E io *volevo*, volevo quel cazzo che mi ondeggiava di fronte. Volevo assaggiarlo, leccare quella goccia lucente dalla punta.

Sorridendo, mi inclinai e afferrai la punta del suo cazzo con una sola mano, ma con una presa ben salda. Prima che potesse allontanarsi, glielo succhiai fino a far toccare le labbra con le mie dita, e feci un bel lavoretto con labbra e lingua, facendola scivolare su e giù, ancora e ancora, mentre sollevai l'altra mano per accarezzargli le palle. Non lo avevo mai fatto prima, ma non voleva dire che non sapessi cosa fare, che non conoscessi le basi.

Dal modo in cui gemette, dal modo in cui il suo cazzo mi sobbalzò in bocca, intuivo che stessi andando bene. Quando le sue dita mi accarezzarono i capelli, capii che non mi avrebbe lasciato carta bianca ancora per molto.

"Basta così." Carter indietreggiò e

mi sollevò per farmi stare in piedi davanti a lui.

"Ti amo." Dovevo dirlo. Ero praticamente un fiume in piena con le mie emozioni. Mi ero sentita così per tanto tempo, e ora potevo dirglielo , mostrarglielo.

"Sei pericolosa."

Amavo quelle parole. Potevo anche essere alle prime armi a letto, ma volevo far godere Carter in tutti i modi. Le mie abilità nel sesso orale non erano per niente male.

Carter, con un colpo netto, mi sfilò la tuta e mi diede una mano a levarmela. Entrambi nudi, rimasi strabiliata quando Carter si mise supino e mi portò sopra di lui. "Cavalcami. Non durerei se ti scopassi come piace a me. E poi, voglio guardarti, osservare quelle tette perfette rimbalzare, mentre tu ti prendi il tuo piacere. Voglio guardarti in viso mentre ti penetro fino in fondo."

La donna sopra. Sì. Volevo provarlo. Volevo provare tutto.

Cavalcando i suoi fianchi, mi attaccai al suo corpo e piazzai la cappella del suo cazzo duro sul mio buco bagnato. Lentamente, molto lentamente, affondai, fino a poggiare il mio sedere sulle sue cosce.

Entrambi emettemmo lamenti di piacere. Non ero mai stata in quella posizione, e lui ce l'aveva così grosso, così lungo. Mi riempì completamente e io diedi il benvenuto a quel dolore, che mi fece ricordare quanto ardentemente e velocemente mi avesse sbattuto la sera prima. Lo volevo di nuovo. Di più. Ne volevo di più.

"Cristo. È così bello. Non l'ho mai fatto Emma. Non l'ho mai fatto senza protezione con nessun'altra prima d'ora. Anche tu sei la mia prima volta.

Sei così bollente, riesco a sentire ogni tuo centimetro bagnato."

Le sue dita si gettarono sui miei fianchi mentre mi sollevò con le sue braccia, in modo tale che solo la sua cappella rimanesse dentro, per poi spingermi di nuovo in basso. Dopo quella mossa cominciai a farlo da me, sollevandomi e ricadendo sul suo cazzo con scatti di piacere che mi facevano gridare.

"Cavalcami Emma. Cazzo, cavalcami."

Muovendomi con più sicurezza, mi spostai, sfregando per un minuto il clitoride contro la sua pancia, mi sollevai del tutto e poi, con una lenta e umida discesa, tornai di nuovo giù. Quando cominciai ad andare più veloce, prendendolo in profondità, lui gemette e sollevò le sue mani sui miei capezzoli, giocando, provocandomi, facendomi godere col suo pizzicarmi e strattonarmi nei punti più sensibili.

"Carter." I miei occhi si chiusero, la mia testa si reclinò all'indietro, abbandonandosi a lui, a quello che stava succedendo fra di noi.

Amavo quella posizione, ma non riuscivo ad arrivare all'orgasmo. Avevo bisogno di lui, quindi piagnucolai.

"Ci penso io." La sua mano destra rimase sul seno, ma la sinistra raggiunse il clitoride e prese a sfregare con movimenti intensi e veloci, mentre io continuavo ad alzarmi e abbassarmi, scopandolo.

Mi mossi sempre più velocemente, fino a quando l'orgasmo mi tolse il fiato e fece andare Carter fuori di testa. Mi montò sopra e io avvolsi le mie gambe attorno ai suoi fianchi mentre mi sbatté violentemente, mettendolo tutto dentro. Tutto il suo corpo era duro come il granito sopra di me, la sua faccia si irrigidì quando cominciò a martellarmi con una furia selvaggia che non avevo mai visto su di lui.

Il suo ritmo mi fece venire ancora, e questa volta mi seguì, col suo sperma caldo, per la prima volta zampillante dentro di me.

"Mia. Sei mia." Carter fece cadere la sua fronte sulla mia, e mi guardò negli occhi. "Ti amo Emma."

Lo baciai ancora e ancora, dicendogli, con le mani e il corpo, quanto fosse importante per me. Lo baciai fino a quando tornò ad averlo duro, così da potermi far accendere ancora lentamente, con calma, con le nostre mani unite, così come le nostre labbra.

"Sarò anche la tua prima volta, tesoro, ma tu per me sei l'ultima. La mia unica volta." Il suo sguardo tenebroso sostenne il mio, e in quegli occhi vidi tutto ciò di cui avevo bisogno. Tutto. Ci vedevo l'eternità.

———

Continua a leggere per un'anteprima del prossimo episodio di Cattivi Ragazzi Miliardari... con
Il Suo Miliardario Rockstar.

LIBRI DI JESSA JAMES

Cattivi Ragazzi Miliardari

Una Vergine Per Il Miliardario

Il Suo Miliardario Rockstar

Il Suo Miliardario Misterioso

Patto con il Miliardario

Cattivi Ragazzi Miliardari - La serie completa

Il Patto delle Vergini

Il Professore e la Vergine

La Sua Tata Vergine

La Sua Sporca Vergine

Il Patto delle Vergini: La serie completa

Club V

Lasciati andare

Lasciati domare

Lasciati scoprire

Fidanzati per finta

Implorami

Come amare un cowboy

Come tenersi un cowboy

Una vacanza per sempre

Pessimo atteggiamento

Pessima reputazione

Ancora un altro bacio

Chiodo scaccia Chiodo

Dottor Sexy

Passione infuocata

Far finta di essere tuo

Desiderio

Una rockstar tutta mia

ALSO BY JESSA JAMES

Bad Boy Billionaires

A Virgin for the Billionaire

Her Rockstar Billionaire

Her Secret Billionaire

A Bargain with the Billionaire

Billionaire Box Set 1-4

The Virgin Pact

The Teacher and the Virgin

His Virgin Nanny

His Dirty Virgin

The Virgin Pact Boxed Set

Club V

Unravel

Undone

Uncover

Club V - The Complete Boxed Set

Cowboy Romance

How To Love A Cowboy

How To Hold A Cowboy

Treasure: The Series

Capture

Control

Bad Behavior

Bad Reputation

Bad Behavior/Bad Reputation Duet

Beg Me

Valentine Ever After

Covet/Crave

Kiss Me Again

Contemporary Heat Boxed Set 1

Handy

Dr. Hottie

Hot as Hell

Contemporary Heat Boxed Set 2

Pretend I'm Yours

Rock Star

The Baby Mission

L'AUTORE

Jessa James è cresciuta negli Stati Uniti, sulla costa orientale, ma è sempre stata affetta da una grande voglia di viaggiare.

Ha vissuto in sei stati, ha svolto tanti lavori ma è sempre tornata dal suo primo vero amore – la scrittura. Lavora a tempo pieno come scrittrice, mangia troppa cioccolata fondente, ha una dipendenza da caffè freddo e patatine Cheetos, e non ne ha mai abbastanza di maschi Alpha e sexy che sanno esattamente cosa vogliono – e non hanno paura di dirlo. Uomini dominanti, Alpha da amore a prima vista, sono i protagonisti delle storie che ama leggere (e scrivere).

Iscriviti QUI per la Newsletter di Jessa:
https://bit.ly/2xIsS7Q

www.ingramcontent.com/pod-product-compliance
Lightning Source LLC
LaVergne TN
LVHW011830060526
838200LV00053B/3959